GCN文庫
結
「美人でお金持ちの彼女が欲しい」と言ったら、
ワケあり女子がやってきた件。
イラスト：Re岳
小宮地千々
JN154082

「ふぅん」

はらりと前を隠していたタオル
を腰へと落とし、ほんのりと
ピンクに色づいた胸を晒しながら
天道は婀娜っぽい仕草で
こぼれていた髪をかき上げる。

「ね、伊織くん、おみくじは
ここで引いていきましょうか」
天道も同じようなことを
考えたのかそんな提案が来る。

結・「美人でお金持ちの彼女が欲しい」と言ったら、ワケあり女子がやってきた件。

著：小宮地千々
イラスト：Re岳

CONTENTS

第一話　志野家攻略大作戦（ノープラン）

「ただいまー」

「お邪魔します」

母の車がなかったので、予想していた通り帰宅を告げる言葉に返事はなかった。

そのかわりに懐かしい我が家の匂いが僕を迎える。

そこへ恋人の甘い匂いが混じって、帰ってきたという感慨深い思いと知らない場所にやってきたような不思議な気持ちを覚えた。

「……ねぇ伊織くん」

行儀よく頭を下げながら敷居をまたいだ天道つかさが、僕の名を呼びながら、くいと袖を引く。

「あぁ、母さんたちなら多分買い物。車がなかったし」

「それも気になるけど、そうじゃなくて。伊織くん、今お家に入るときに鍵、開けなかったわよね？」

「え？　あー……」

自分にとっては当たり前すぎて、何を言われているのかちょっと理解が遅れたけど、天道の指摘はもっともだった。

「ちょっとした外出なら誰もいなくても鍵かけてないときもあるんだ」

「美鶴（みつる）ちゃんもいるのに、それは不用心じゃない？」

「今はいないし。一人のときは鍵かけるように言ってるよ、危ないから」

我ながら確かに少し矛盾している気がする事実を告げると、天道の形の良い眉が一層困惑の形を強めた。

「家の人が不在のときに鍵をかけないのは危なくないの……？」

「このあたりで空き巣に入られたなんて、僕が生まれてからないらしいし」

「ええ……？」

「まわりも大体そんなもんみたいだけど……」

それでいいの？　みたいにギャップに苦しんでいるらしい天道のために玄関の引き戸を戻して鍵をかけておく。

まぁ僕もさすがに一人暮らしの部屋ではちゃんとしてるけど、実家だと不在時に近所の人が玄関に野菜やお土産置いてったりするものだからなあ。

「ああ、でも一回だけあったかな、泥棒騒ぎ。なんか親戚内でのもめ事だったらしいけど」

「あるんじゃないない、というよりそんな事情まで広まっちゃうの？」

「田舎だからね」

「同じ市内でしょ」

「住んでるところが全然違うからなぁ」

　市の中心部も中心部、それこそ江戸時代から街をやっていただろう場所にある天道家と、恐らく百年後も田舎をやってるか自然に返ってる実家の周囲は文字通り別世界だ。

「それはまぁ、そうだけど……」

　脱いだ靴を綺麗にそろえながら、なおも納得いかないように天道は首をひねる。

　昔ながらの近所付き合いがまだ生きてる田舎なんてこんなものだと思うんだけど。

「とりあえず荷物置いちゃおうか、つかささんは客間を使ってって話だから、そっちに。鞄持つよ」

「ん、そうね、そうしましょうか。ありがとう」

「どういたしまして、っと」

　キャリーバッグを受け取って持ち上げると結構な重さだった。

まぁ、季節が冬で服もかさばるし、通いなれた僕の部屋ならいざ知らず実家(こっち)に泊まるんじゃ必要なものも多いだろうし意外ではない。

　これで数日分なのかって多少、不思議ではあるけど——なにか変な服持ってきてたりしないだろうな……。

「じゃあ、こっち。床がちょっとうるさいけど、大丈夫だから」

　玄関から縁側へと向かう廊下の床板は、長年酷使された影響でずいぶん前からぎしぎしと抗議の声を上げるようになっている。

　祖父が子供のころから現在の場所にあるらしい志野(しの)家の建物は、木造の平屋で、何度かの増改築を経て大きさだけならそれなりのものだ。

　ただ部屋を仕切るのはふすまと障子で防音性とか欠片もないし、一応エアコンはあるけども、気密性が死んでるので夏は暑くて冬は寒いといいところがない。

　それがとんでもなく苦痛だったってわけではないけども、靴下越しにわかる床の冷たさを感じると一人暮らしの部屋の快適さを痛感する。

「リフォームはされないの？　うちもかなり古い建物だけど、案外どうにかなったけど」

「あぁ、ちょっと前にそういう話もあったんだけど。どうせならじいさんに手すりとか必要になってからにしようかって」

「あぁ、そうね。バリアフリーとかも必要だものね」

「だね」

傾いてるとかじゃなくても、結構謎な段差とかも要所に存在してるもんな……。なお当の祖父は「要らん」の一言だったりするけども、今は実際元気すぎるくらいに元気なので両親も強くは言えない。

「——お庭、綺麗にしてるのね。花はお義母さまのご趣味？」

天道が視線を向けるガラス越しの冬の庭では、鉢植えの花々が弱い光の下で控えめに咲いていた。

「あ、うん。多分そう」

「多分って、もう」

あと普通のやりとりのはずなんだけど実家だからか、「おかあさま」の一言に妙にどきりとした。

それが狙ってのことなのかどうか判別はちょっとつかなかった。

まぁ絶対わざとだぞという根拠のない確信はどっさりあるけど。

「じゃあ、こちらへどうぞ」

いつぞや天道家を訪れた時のお手伝いさんを真似つつ障子を開けると、天道は楽し気な声を上げた。

「あら、お嬢様になった気分ね」

「それはただの事実では？」

客間は八畳の和室で縁側に面した二面は雪見障子。

庭と反対側の面はふすまで仕切られていて、残った一面に押し入れと床の間がある。

僕が実家にいたころから変わらず、がらんとした印象だ。

「そっち側のふすまを開けると両親の寝室になってるから気をつけてね」

言っててなんだけどよく考えると和風建築ってすごい作りだよな。

「ええ、わかったわ。手前に通った部屋は？」

「あっちは書斎兼母さんの仕事部屋。バッグはここに置くね」

「ありがと……ふぅん」

和室なんて見慣れてるだろうに、なんにもない部屋を見回す天道に苦笑しながら押し入れから座布団を引っ張り出した。

「なんにもない部屋だけど、なにかあった？」

「ここで伊織くんが育ったんだなあって思って」

「僕の部屋じゃないけどね……あ、テーブルとか使うなら持って来るけど、どうしよっか」

「大丈夫よ。基本、伊織くんの部屋にお邪魔させてもらう気だし」

「初耳なんだけど⁇」

まぁ母が掃除はしてくれているだろうし、そもそも帰省するって話は通してるから上げられない状態ってことはないだろうけど。

見られてまずいものなんてのはもう今更も今更の話だしな……。

「……寝るときはちゃんとここ使ってね？」

「あら、キミの部屋じゃダメ？」

「ふすま一つ隔てて隣が美鶴の部屋だからダメ」

「大丈夫よ、絶対何もしないから」

「信じたい気持ちと、そうでない気持ちがせめぎあう返しだなぁ……」

「それはそれとして、我慢できなくなったらお互いに言いましょうね。その時は私、頑張って、声を抑えるから」

「そこは何がなんでも我慢するって言って欲しかった……！」

以前はともかく、最近では自分でもそういった方向の自制心には自信が持てなくなってきてるんだよなぁ。

美人は三日で飽きる説提唱者には反省していただきたい。

「冗談よ。これ以上美鶴ちゃんの心証悪くさせたくないし」

「つかささんの冗談はキレが良すぎてそう聞こえないんだよな……でもまぁ、そうだね」

互いに実家で過ごすはずだった年末年始予定を変更したのは、もちろんクリスマスに起こった一件が原因だった。

僕の高校時代の先輩沢城麻里奈さんとの偶然の遭遇による天道への糾弾は、妹に天道への、そして彼女と付き合ってる僕への隔意を生んだ。

沢城さんの話はあくまでうわさ（真実）を補強しただけで、妹からも僕に対して「天道と別れろ」とかそういう話が出たわけではない。

ただそれだけにどうすべきかは、かえって悩ましかった。

結局これと言った方針は定まらないままに、それでも何もフォローせずに年を越すのだけはまずいだろうと、天道が僕の帰省に同行することになったのだ。

そういった経緯を考えれば、隣の部屋でイチャコラしてるのもちょっとな……。

「美鶴のことだけどさ。つかささんには、なにかいい考えはある？　妹も結構こう、頑固なところあるんだけど……」

「特にないわ。というより、経験上、変に言いつくろっても無駄だと思うのよね」

「ええ……？　あ、知り合いとか、後輩とかで同じようなことがあったとか？」

「ええ、そんなところ。あいにく離れていった子たちとはほとんど修復不可能だったけど」

「ダメじゃん……！」

なんか答えはすでにわかってる、みたいな雰囲気出してたのに。

詐欺では？

「あら、失敗例だってこの場合大事よ。それに『ほとんど』って言ったでしょ？」

「じゃあ例外もあるってこと？」

「そうね、一番の成功体験といえば、最初は手ひどく拒絶された婚約者の男の子を翻意させられたくらいかしら」

「どこかで聞いた話だね」

あと、その男子は特別チョロかった可能性がある気がするんだけどな！

「――ならその子と同じ家で同じ価値観で育てられた妹さんなら、同じように受け入れてくれる可能性もあるでしょ？」

「そう、かなあ？」

そりゃあ同じ価値観で育てられたらある程度は似通うものかもしれないけど、妹は童貞じゃないし（当然）。

そしてこの場合性別の差はとてつもなく大きい気がする。

特に女子の敵は女子という感じはあるし……。

更に言うなら妹と僕の年齢も大きな差異だ。

なんてことを考える僕の眉間に、そっと天道の指が触れる。

「どのみち美鶴ちゃんとの関係修復をやらない選択肢はないんだし、それなら悲観してて
もしょうがないでしょ」

どうやらしわが寄っていたらしいのをぐにぐにとほぐしながら天道は胸を張る。

うーん、この精神的タフさはやっぱり見習いたい。

「それに私はまだ美鶴ちゃんとは関係と呼べるような関係も構築できてなかったし、早い
うちに爆発した方が傷が浅いかもしれないでしょ」

「強い」

「それとうまくいかないときは伊織くんに慰めてもらえばいいんだし」

「それはなんか目撃されると余計溝を深めそうな気がするからやめとこうね」

バレなきゃいいってものでもないし。

いやそんな悪いことしようってわけじゃないんだけども、実家に連れてきた恋人といち

ゃつくのはありやなしや——

いや、多分ダメだな。去年、帰省した兄とその恋人を見て僕が感じたものを思い出せば間違いなくギルティだった。

しかし確かに妹への説明はいずれ避けては通れなかったイベントではあるんだけども、突発すぎる上に色々とハードルが上がってる感じがなぁ。

「あら残念」

とはいえ嘆いていてもはじまらないのも事実だ。

気楽、とは違うけれど気負うことのない天道を少しは見習おう。

そもそも僕の彼女への態度にしたってすぐに変化したわけじゃない。今回をはじめの一歩くらいにどっしり構えておくくらいがいいだろう。

そう思わないとやっていけない。

覚悟を決めて息を吐くとぶるりと背が震えた。

「ここ、冷えるね。あとでヒーター持ってくるけど、とりあえず居間で待っておこうか」

ええ、と応じて天道は部屋のハンガーにコートをかける。

それからごくごく自然に腕を絡めて、身を寄せてきた。

もうずいぶん前から定番のことだけど、シチュエーションが違うとなんかすごい新鮮というか少し悪いことしてる気すらするな……！

「寒いし、これくらいはいいわよね？」

「――いいけど、家族の前では少し控え目でお願いしたいかな」

廊下の冷たさに彼女の温もりを強く意識しながら頷く。

「そう？　伊織くんとの仲の良さをアピールするのは無駄にならないと思うんだけど」

「基本はそうだと思うけど……好感度下がってる状態だとまとめて『話する価値なし』にされそうじゃない？」

母が運転する車の音が聞こえてきたのは、居間のこたつで温まる間もないくらいすぐのことだった。

第二話　ようこそ築〇十年の住宅へ

「あら、つかさちゃん。もう来てたのね。いらっしゃい」

「お邪魔しております、この度は急に押しかけてしまって申し訳ありません」

「いいのいいの、気にしないで。予定より人が減ってね、寂しい年末になるところだったし。狭いところだけど自分の家だと思ってくつろいでね」

「ありがとうございます。お言葉に甘えて、お世話になります」

「母さん、荷物持つよ」

「ん、ありがと」

出迎えた玄関で膝をつきかしこまった挨拶を始めた母と天道(てんどう)に気圧(けお)されつつ、母から中身のどっさり入った重そうなエコバッグを受け取る。

母の背に隠れるように立っていた妹が、すっとあがりかまちに腰かけて靴を脱ぎはじめた。

「おかえり、美鶴(みつる)」

「ただいま……イオちゃんも、おかえり」

「うん、ただいま」

挨拶ヨシ！

さすがに昨日の今日でいつも通りとはいかなくても、まったくコミュニケーションも取れないほどではなかったことにほっとした。

万一妹に無視でもされていたら次男の僕じゃ耐えられなかったかもしれない。

「美鶴ちゃんも、お世話になります」

「……………はい」

天道の挨拶にも、妹は頭を下げて答える。

子供のころに初対面の人を相手にした時のムーブそのものだったけど、ここはまぁ仕方ないだろう。

「いーちゃん、つかさちゃんにお茶くらいは出した？　荷物は客間に置いてくれたのよね？」

小学生のころに友達を連れてきた時とまるきり同じ物言いをする母は、その容姿もまたあんまり当時と変わっていない。

下手すれば姉でも通りそうな天道のお母さんほどではないが、妹の授業参観でも騒がれる程度には若々しい人である。

「うん、大丈夫だよ」

でもその呼び方はいい加減やめていただけないかな……！

そんな男子大学生（成人済み）の祈りは、兄でさえもいまだに「ちーちゃん」呼ばわりしている母には当然通じるはずもなかった。

多分十年後、下手すれば二十年後もこう呼ばれてる気がするな……。

「ごめんなさいねー、いーちゃん悪い子じゃないんだけど、気がきく方じゃないから。色々とはっきり言ってあげてね」

「いえ、そんなことは……」

曖昧ににごす天道がそんなことはないこともないみたいな表情を浮かべる。

哀しい。しかし残念だけど当然の評価だった。

というか恋人と母親の会話ってものっすごいむずむずするな、これ……！

これから数日間これに耐えなきゃならないのか、やはりちょっと早まったのでは？

「そう言えば母さん、主税くんは？　まだ帰ってないの？」

「あぁ、ちーちゃんは涼子叔母さんのところ。叔父さんが腰を悪くしちゃったらしくってね、男手が欲しいって言われて向こうで年越しすることになったの」

そんな気持ちを変えるべく、先に帰省しているはずの兄の所在を聞くと予想外の返事があった。

父の妹である叔母はお隣の糸島市に嫁ぎ、実家と同じくらい車が欠かせない風光明媚（欺瞞）なところに住んでいる。

ちなみに兄は従姉妹と付き合ってるので、叔母は兄にとって恋人の母でもあったりする。

閑話休題。

「そうなんだ。じゃあ、じいちゃんは？」

「ああ、お義父さんならハワイよ」

「ハワイ!?」

こっちは予想外をこえて国外なんだけども。

「そ、つかさちゃんのおばあさんと一緒にね」

「ええ……アグレッシブ過ぎでは？」

というか祖父はパスポート持ってたのか、それともわざわざ取ったのか……。

いやよそう、気になるけど逆に気にしていてもきりがない話題な気がする。

「つかささん聞いてた？」

「いいえ、初耳ね」

そして天道がなんか微妙に悔しそうな顔をしているのは深く考えないようにしておこう。

まだおばあさんへの対抗心消えてなかったのか……。

「残念です、お二人にもご挨拶したかったんですけど」

「また機会はあるわよ。あるわよねー、いーちゃん？」

「なんでそこで僕に振るのさ……」

そりゃまあ今更振られないように努力は当然していく気だけども。

なんだろう、実家なのに肩身が狭いな……。

もしかしてこれからずっとこんなすわりの悪い気持ちを味わうんだろうか。

そんな思いを抱いているとぐい、と腕を引っ張られた。

見れば手持ち無沙汰にしていた妹が、わかりやすく頬を膨らませている。

「お母さん、お話しするなら中に入ろうよ。食べ物も冷蔵庫に入れないと」

「ああ、そうね。じゃあみーちゃんお願いできる？」

僕の腕を引きながら、妹は母に訴える。

「うん。イオちゃん、行こ」

妹の声はそこはかとなく冷たかった。

「アッハイ」

ちらと天道に目配せすると、こちらも何とも言えない表情で了承の意を目線で伝えてきた。

妹に引っ張られるままに大人しく台所へと向かいながら、やっぱり根は深そうだなあ、と思った。

§

「美鶴、あのさ――」

「イオちゃん、いつまでこっちにいるの？」

意を決して声をかけようとした出鼻はいきなり挫かれた。

いつのまにやら新しくなっている冷蔵庫に、僕が口を広げたエコバッグから食べ物を移す妹はちらりともこちらを見ようとしない。

これちょっと心に来るヤツ……！

「出かけたりはすると思うけど、三が日の間は確実にこっちにいるよ。そこからはまぁ流れで」

「ふぅん、そうなんだ」

「美鶴は？　友達と出かける予定とか……」

「ないよ。今年はチカちゃんもいないし、どうしようか考え中」

「そっか」

免許を持っている兄は、帰省時には父母に代わって妹の運転手もやっていた。

僕も予定では今年の夏休みに取るつもりでいたんだけども、今年は本当に色々あったからな……。

とはいえ田舎といってもさすがに市内だ。日中ならバスは一時間に数本はあるのでそこまで遠出に苦労するわけではない。

「じゃあほら、初買いとか行くんだったら三人で――」

「三人って？　お母さんとイオちゃん？」

「いや、僕とつかささんだけど……」

「私の前でつかささんの話はしないで」

「ハイ」

妹が、妹がちょっと面倒くさい恋人みたいなムーブを……！

いやこれが嫉妬だったらむしろまだ良かったけども、多分嫌悪というかもう少し良くても忌避感からの言葉だよなあ。

辛い。

「――別に、そんな凹んだ顔しなくても別れろなんて言わないよ。イオちゃんに人生で初めてできた大事な彼女だもんね」

「美鶴……」

なので妹が少しバツが悪そうにこちらを向いてそう言った時は心底安堵した。

よかった、なんとか致命傷で済んでいるっぽいぞ。

でも「人生で初めて」をそんなに強調しなくてもいいんじゃないかな……。

「だって年末に帰ってくるのを遅らせるくらいだーいじな彼女なんだもんね。私が連絡しても気づいてくれないくらいだし」

「美鶴？」

なんかちょっと雲行きが怪しくなってきたな？

冷蔵庫に詰め込んでく手つきも気持ちこう乱暴だし。

そうする物は選んでるのが妹らしくて微笑ましいけど。

「いいよ。どうせイオちゃんなんてこのまま天道さん家の子になって、お金持ちのおっきな家でゴールデン・レトリバーとか飼って暮らすんでしょ！」

「美鶴!?」

最後はただ自分がレトリバー飼いたいだけでは？

話している間にヒートアップした妹は、最後にちょっとだけ力をこめて冷蔵庫のドアをべしんと閉めた。

ダメみたいですねこれは……。

今まで反抗期らしい反抗期もなかった妹がめっちゃ怒ってる、泣きそう。

あとあんな立派過ぎる家に婿入りするのはちょっと僕には無理かな……。

「大体イオちゃん人多いところそんなに好きじゃないでしょ。初買い行こう、なんて今まで言ったことないのに」

「そこはこう、心境の変化的な……」

「なにそれ」

天道と付き合いはじめて多少は僕の行動にも幅が出てきたのは事実なんだけども、これを言ったら余計こじれるのは間違いない……！

苦心する僕をじろっとにらんで妹は口をますます尖らせる。

「とにかく出かけるときは『彼女さん』とお二人でどうぞ。私行かないからね」

「ハイ……」

「ふんだ」

わざわざ口で「怒ってます」アピールまでする妹を、僕はしおしおになって見送るしかなかった。

§

「――で、つかささん、初日はどうだった？」

時刻は午後の十一時過ぎ、両親と妹はすでにそれぞれ自分たちの部屋に引っ込んで居間に残っているのは僕たちだけだ。

こたつの長辺に二人ならんで足を突っ込み、正面のＴＶから流れる年末特番のＣＭを見るともなく眺めている。

結局、妹は僕だけでなく天道にも見本のような塩対応で、普段ならドラマを見ているはずの時間にもう部屋にこもっている始末だった。

おおよその事情を知っている母には、自分が口出ししてもこじれるだけだから積極的な協力はしないと先に言われている。

父が何を考えているのかはわからない。

まぁこれは母さんが絡むこと以外では割といつものことなので、なんの期待もしてなかったけど……。

　そもそも元をただせば一連の原因は父にあるのでは？　と責任転嫁したくなるもののそれを言っても妹との問題は解決しないんだよな……。

「そうね、お義母さまとは昔の伊織くんの話とかもできたけど、美鶴ちゃんとはほとんど話せなかったわ」

「そっか――待って、いつの間に」

　聞いてないんだけど？

　いや母と恋人の話を聞かされる方がこの場合気まずい気がするな……。

「色々とお手伝いしながら？　大丈夫よ、多分好感触だったから」

「それは良かった、のかなあ」

　というか母には美鶴のことも込みで諸々打ち明けているんだけど、それで好感触なのか。天道がすごいのか、あるいは母の方が歩み寄るふりをしながら彼女をはかっているんだろうか。

　積極的不干渉が何を意味しているのか、確認しておいた方がいい気もするな。

「こう見えてお嬢様としての外面も長いんだから、特に目上の方とのお付き合いは厳しくしつけられたし、任せてちょうだい」

「それは頼もしいけど、どっちかって言うとうちで年末年始過ごすのに不都合はなさそうかなって」

それはそれとして本来聞くつもりだったことも確かめておく。

うちのトイレは一応多機能なのになってるけど、どうしても古い建物だからお風呂の脱衣所の寒さとか、他にも色々不便なんだよな。

「ああ、そっち？　そうね、趣(おもむき)があっていいお家だと思うわ」

「好意的な表現をありがとう」

まぁ仮に思ってても「ぼろくて無理」とは正直に言えないか……。

「それに私、誰かの実家にお邪魔したことなんて数えるくらいしかないから新鮮で面白いわよ。伊織くんたちが身長を測った柱のあととか素敵じゃない？」

「あー……」

そうか、子供のころの通過儀礼だと思うけど天道家ほどしっかりしたところだとそういうのはなかなか許されなかったのかな。

友達の家に遊びに行っても門限になったら黒塗りのリムジンとかが迎えにきそう（偏見）。

「まぁ、あんまり浮かれた姿を見せるのも良くないでしょうけど、それはそれとして美鶴ちゃんばかり気にするだけじゃなく、ちゃんとご家族みんなと話しておきたいし」

そして天道は僕なんかよりもよほど今後のことをちゃんと考えていた。

そうだよな、家族は妹だけじゃないし、両親とのことも大事なんだよな……。

「まぁ、主税くんとじいさんはいないんだけど」

「お義父さまもふくめてパートナーの優先度高いわよね」

「ぐう」

かつてモテるものたちとモテざるものとの残酷な差を突きつけられた気がして思わず呻き声が漏れた。

この場合の鶏と卵はどっちが先なんだろうな、モテなかったから気づかいができないのか、気づかいが足りないからモテなかったのか。

どっちにせよ身内との比較はやはり一層ダメージが大きい。

今回、兄が家にいたら致命傷だったかもしれない。

「まぁ、ほら僕はまだ登りはじめたばかりだから……」

この果てしなく長くて遠い男女交際坂をさ。

まぁ天道というハイスペ彼女がいる身で、こんなこと言うのはひんしゅくを買いそうだけども。

「ならさっそく経験値でも稼いでおく？」

と言って天道がこたつの上を指さした。

年季の入った籐カゴには、親戚から送られてきたミカンが鎮座ましましている。

「ミカン剥きで稼げる経験値ってどれくらいなのかな……」

あと天道の口から経験値って意外な言葉が出るの、明らかに僕の影響だよな。

そんなにゲーム用語を口にしてるのかと我が身を振り返るとともに、妙な感慨を覚える。

僕もなにか移ってる言葉とかあるんだろうかと思いながら、寝る前なことも考えて普通サイズのものを一つ手に取った。

「あら、一はゼロより常に多いものよ」

「それって暗に少ないって言ってない？」

とりあえずヘタを下にして反対側の中央から指を差し込んで二つに裂き、それを更に半分に割る。

四方に分かれた房をヘタのついてる下から剥いて、皮から切り離したところで手を止めた。

「つかささん、アルベドってどれくらい取った方がいい？」

自分で食べるならいいけど、他人の口に入れるものをあんまりベタベタ触るのってどうなんだろうな、と思って天道に視線を向けると不思議そうな顔をしていた。

「どうしたのつかささん」

「あ、うん。ほどほどでいいわ」

「それはそれで難しい注文だなあ――なにか気になることでもあった？」

手元のミカンを確かめてみても、別に色も大きさも普通だ。

「伊織くんのミカンの剥き方、あんまり見ないものだったから」

「ああ、こうするとアルベドがよく取れるんだって」

「そのアルベドって、白い筋のことでいいのよね。そっちもあんまり聞かないから」

「あ、うん、確かラテン語かなにかだったかな……」

ゲームとかアニメのキャラクターやらの用語でそれなりに聞くから妙に頭に残ってるんだよな。

もしやそれが中二病っぽくってアレだったんだろうか、でも白い筋って長々と言うより短くて済むし。

ちょっと悩んでいると天道が催促するように口を開けたので、小さめの一房を差し出して、自分も一つ口に放り込む。

「ん、甘くておいし」

「だね。じいさんがミカン大好きでさ、冬は毎日三個くらい食べてるよ」

「さすがにそんなには食べられないけど、気持ちはわかる気がするわね」

兄も結構食べるから、二人がこたつに入ってるときはあっという間にカゴが空になるんだよな……。

しばらく無言でミカンに集中する。やっぱり二人で一つを分ければあっという間だ。

ＴＶの音に混じって、チッ、チッと僕が生まれたときから壁にかかっている時計の音が響いている。

その音に誘われたように天道の視線が時計に向かった。

「――まぁそろそろ明日に備えましょうか」

「あ、そうだね」

明日から色々と年越しの準備も手伝わなくっちゃいけないしな。

「ところで、一緒の家にいて別々に寝るのなんて初めてな気がするけど、寂しくない？」

「僕をなんだと思ってるのさ……」

深く考えてなかったことを、変に意識させるのはやめていただきたい。

いや別に一人で寂しいとかそんなことは考えたことないし。

まぁたしかに寒くなってから他人の体温のありがたみっていうのを実感する機会は増え

たけども？

「冗談よ。それじゃ、おやすみなさい」

「ん、おやすみなさい」

そんな僕の内心を読み取ったように、いたずらっぽい笑みを浮かべて天道は立ち上がる。

それが当たり前というか、さっきまでが初めての事態だったというのに、彼女のいない実家の居間は妙に寒々しく感じられた。

第三話　世界で一番大事な女の子

帰省二日目、縁側を十二月のか弱い陽光が温める寒い晴れの日の午後。

昼食のあとで僕たち二人は天道にあてがわれた客間で、引っ張り出してきたカーボンヒーターのそばで膝を突き合わせていた。

「つかささん、大丈夫？」

「思っていた以上に根が深そうっていうのが正直なところね」

「だねえ……」

二人して深々と息を吐く。

ついさきほど昼食が終わって冬休みの課題に取り組む妹へ協力を申し出てあえなく玉砕してきたところだ。

「こんなに人間関係で苦労したのは、夏前の伊織くん以来ね」

しみじみといった様子で天道がそんな言葉を吐き出す。

「半年ぶり二度目の苦戦かぁ……」

頻度としては高いのか低いのか。

前回と同じく最終的に勝利してくれるのを祈りたいけれど、同じ攻略方法は使えないだろうしなあ。

しかし天道的には葛葉（くずのは）とのあれこれは苦労のうちにも入っていないんだろうか。強い。

「今の美鶴（みつる）にグイグイ行っても逆効果っぽいし、僕の時とはアプローチを変えないとなあ」

「伊織くんにそういう風に言われるとなにか複雑なんだけど……でも、改めて時間も必要そうだと実感するわ」

「うーん」

まぁ印象が定まったところで距離を寄せようとしてくると、僕なら一層「だまされんぞ」という気持ちになるのは間違いないからな（体験談）。

でも放っておいたらおいたで「そうか君はそういうやつなんだな」みたいに、現状の気持ちで評価を固められかねないし。

「ただ最低限は仲直りというか、美鶴ちゃんと仲良くしたいって気持ちは見せておきたいんだけど」

「うーん……」

とっかかり自体が見つからない現状、頭をひねってもそれができれば苦労はしないの無限ループに陥りそうだなあ。

「――つかささんのメンタル的には？　そっちは大丈夫そう？」

そっけない対応をされるのって、よっぽどどうでもいい相手じゃない限りそれなりにこたえるものだろうし。

「そうね、そこまでじゃないわ。別に伊織くんの時みたいに酷いことまで言われるわけじゃないし」

「ぐう」

いきなりさらっと刺してくるじゃん……。

「ただノリノリだったキミと違って、美鶴ちゃんは少し申し訳なさそうにしてるから、それが心苦しいけど」

「シスコンに聞こえるかもだけど、優しい子なんだよ。本来は」

「ええ、わかってる」

うーん、しかし口には出せないけどこのままだと皆不幸になるやつでは？

妹が無慈悲な兄の恋人拒絶マシーンでないのは良いことだと思ってたけど、いっそそっちの方が妹自身の負担は軽かったかもしれないな……。

「伊織くんは当事者だから遠慮なく口撃できたんだろうけど、どう思う？」

「コメントは差し控えさせてもらおうかな……」

「なぁに、今ごろ罪の意識でも湧いてきた？」

「いや、やりすぎたこともあったけどおおむね妥当な対応だったと思ってるよ」

「もう！」

「いたいいたい」

それでもやっぱり曲げられないものもあるんだと己を貫くと、頬を膨らませて太ももをバンバンされた。

もちろんそんなに力は入っていない。

ちょっと冗談でも言いたい気分なんだろう。

「まぁ、ご飯の時とかで顔をあわせる機会はあるでしょ？　その時に少しずつ話をしていくわ」

「ん、そうだね――」

正直なところ、僕ら二人で考えてもここら辺が限界だろうなという気はする。

妹の心情を探ろうにも、心を乱している原因にそうそう打ち明けてくれるものじゃないだろう。

三人寄れば、の言葉のように、第三者の知恵が断じて必要だった。

「ちょっと考えてたんだけど、母さんと話してみるよ」

「お義母さまに？」

「うん、まぁ協力してくれるかはわからないけど……」

我が家は基本的に子供の自主性を重んじるというか、放任主義というかまぁそんな感じの方針だ。

もちろん怒られるようなことをしたときには叱られたし、助けが必要なときは察してくれるけれど、まず自分でも考えるようにうながされてきた。

なので両親の内心がどこにあれ、婚約解消後に天道と改めて付き合うことを告げたときも反対はされなかった。

けれど同時に、例えば兄や妹が難色を示した際にはまず僕がなんとかするように、とそんなことも言われたのだ。

まぁ結局ノープランで通して今苦しんでるあたり改めてダメだしされそうだけども……。

これで妹が天道に対して悪態をついたり罵倒をしてたら（人生で妹がそんなことをした記憶はないけども）また話は別だったのだろうが、実際塩対応だけだしなぁ。

なんなら確かに夏前の僕の方がよっぽどアレだ。

てよ」

まったく非難できる立場じゃない（する気もないけど）。

「まぁ、話をしてみて悪くなることはないだろうし、つかささんはちょっとゆっくりして
「そうね、じゃあお言葉に甘えて。伊織くんのお部屋、入ってもいいわよね？」

「……いいけど、荒らさないでね」

「ええ、卒業アルバムの場所だけ教えておいてくれれば大丈夫」

それは大丈夫って言わなくない⁇

しかもこれ多分本気で言ってるし。

言わなければ勝手に探す、そんな感じの凄みを感じる……！

「多分、机の横のカラーボックスに並べてたと思うよ」

「ありがと」

まぁ天道が凹んでないのはいいんだけども、ちょっと早まったかもしれない。

§

「母さん、ちょっといい？」

「その門をくぐるものは一切の希望を捨てよ」

仕事場のふすま越しに声をかけた僕に返ってきたのはそんな言葉だった。

なんかで聞いた気がするけど、元ネタはなんだっけな。

「門っていうかふすまだけど」

まぁ多分いいってことだろうと、突っ込みながらもふすまをあけた。

定位置であるモニタ前の高そうな椅子に座っていた母は、作業の手を止めると芝居がかった動作でこちらを振り返る。

ブルーライトカットグラスをかけた仕事モードだった。

「よく来たな勇者よ……」

「そのノリなんなの??」

母の仕事部屋は相変わらず物があふれすぎていて、整理されているのにどこか雑然とした雰囲気が漂っていた。

「ん～？　いーちゃんが深刻そうな声してるから、リラックスさせたげようかなって」

足の踏み場は確保されているんだけども、油断をすると雪崩（なだれ）を引き起こしそうで踏み込むときはちょっと緊張感がある。

「で、どしたの。車を出してほしいなら今日は響（ひびき）くんに頼んでね。お母さんちょーっと忙しいから」

そう言えば母が父をくんづけで呼ぶのって僕と天道と同じだな、と今更そんなことを思った。

「いや、出かけたいわけじゃなくて、つかささんと美鶴のことなんだけど……」

「お母さんはどっちにも味方しないよ。でもって心情的にはみーちゃん寄りかな」

「え……」

予想していなかった返事に、初手で大きくつまずいた気がした。

中立不介入は聞いていたけど、そもそもの立ち位置が妹寄りっていうのは聞いていない。いや、考えてみれば説明するまでもなく息子の恋人と自分の娘なら自然なんだけど。

「そうなの?」

「そりゃそうよ。恋愛観は人それぞれだけどね。我が子の、それも大学生の初めての恋人が約百人斬りの猛者(もさ)って親は普通に心配でしょ」

「ぐう」

実にごもっともすぎる母の回答だった。

もうこれ詰んでない??

とはいえここでアドバイスももらわずに引き返してもいよいよ何をしに来たって話にな

るしな……。

「ましていーちゃんはほら奥手だしねえ。みーちゃんの心配はお母さんもしょうがないと思うな」

「で、でもそんなことつかささんと付き合うって伝えたときは言わなかったのに」

「それはあの段階で結婚とか言いだしたらさすがに反対したけどね――」

手にしたタブレット用のペンをくるくると回して、母は背を反らす。

「でも学生の付き合いの範囲なら、どうなるにせよ好きにさせてあげた方がいいかなって。ダメって言われても納得できなかったでしょ？」

「それはまぁ、うん」

「いーちゃんも結構頑固だし。というかうちの子はみんなそう、響くん似ね」

そうかな、そうかも……。

まぁ納得は全てに優先されるものだって言うし。実際にそう思ってるけど（鋼の意思）。

「ちなみに、父さんとかじいちゃんはなんて言ってるの……？」

「つかさちゃんの件に関して、響くんとお義父さんは一切意見する資格がないのでいーちゃんは気にしなくて大丈夫」

「アッハイ」

これ、地味にめちゃくちゃ怒ってるやつでは？

まぁ二代に渡る婚約のきっかけを作っただけのじいさんはいざ知らず、父の方は天道のお母さんとくっつかなかったのはまだ良くても、僕と天道の婚約を取り付けた動機が動機だしな。

そんなこと思ってる場合じゃないけど正直胸がすっとした。

結果的に天道と上手くいったからいいものの、あれは普通にひどかったからな……。

「ま、本人と話してみて、つかさちゃんがそんなに悪い子だとは思ってないよ。『他人がどう見るか』にはちょっと無頓着な子だとは思ったけど」

「まぁ、つかささんはちょっと自信が余ってるから」

無頓着というか、理解はしていても気にしていないって感じだと思うけど分析としては正しい気がする。

なんでもそうだろうけど、自己肯定感はありすぎてもなさすぎてもダメなものなんだな……。

僕と天道で半々にすればいい具合に落ち着くのか、対消滅してしまうのか。

「だからまぁ、みーちゃんを納得させるのは半分くらいはつかさちゃんの仕事」

「半分？」

　残り半分はなんなんだろう。

　答えはすぐに来た。

「そ、だって本来これはね。つかさちゃんよりも前に、いーちゃんとみーちゃんの兄妹の問題だから」

「え」

「ちょっと難しい――申し訳ないけどこう言わせてもらうね。そういう恋人を家族に紹介する時のこと、いーちゃんはきちんと考えてた？」

「いや、それは……」

　そう言われると（考えて）なかったです……。

「まだ高校生のみーちゃんに寛容さを求めるものじゃないよ。つかさちゃんの過去の行動が原因だとしても、彼女に任せっぱなしは無責任。いーちゃんの恋人と、妹でしょ？」

「ぐう」

「いきなり二人で一対一させるんじゃなくて、まず君が先にみーちゃんに話して心の準備をさせてあげなきゃ。ちがう？」

「仰る通りです……」

　もうズタボロだった。

たしかになんとなく天道のコミュ力で上手いことやってくれて、ふわっとしたまま付き合えるのではと思っていなかったといえば嘘になる。

というかそうなってほしかったけど、そうはならなかったから今こうして苦しんでるんだよな。

ただただ僕の自業自得では??

恥ずかしい、丸くなって死にたい。

僕のメンタルが悪いところに落ちこみそうなのを察したように、母は仕方ないなぁみたいな表情を浮かべた。

「まぁでも今回のタイミングでつかさちゃんを連れてきた判断は悪くなかったと思うよ」

「そ、そう?」

ヘタに慰められると泣きそうになるんだけど、ここからでもできる良かった探しが残っているんだろうか。

「だってこの人と結婚するから、ってタイミングになって連れてきて、そこでみーちゃんが爆発してたらどうなったと思う?」

「……深刻な断絶が起きたかな、って」

「でしょ、それに比べれば今の状況はまだマシね」

「確かに」

取りつく島こそないけど、取り返しはまだつきそうな。致命傷の一歩手前で済んでいる感じはある。

だからこそ僕も母から何か助言をと思ったわけだし。

「大事なのはこっからだよ、お兄ちゃん。まぁ、いい勉強だと思って頑張ってみーちゃんと話をしなさい」

「――うん、ありがとう母さん」

今までは機会がまったく無かったから知らなかったけど、こういう話でもやっぱり親って頼りになるんだな。

いや、父はノータッチだから母だけか。

「それともう一点。お母さんは誰からも祝福される恋人を選べなんて言いません。でも『誰にも理解されなくてもいい』なんて付き合いは反対――それだけは忘れないでね」

表情を改めた母がじいっと僕の目をのぞき込む。

二十年の人生で、こういう時にはとても大事な話をされているのだと学んでいた。

「……覚えておく」

多分、今日これが一番伝えたかったことなんだろう。

真剣な気持ちで頷くと、にっと母が微笑む。

いつも通りの志野家の真の主人の笑顔だった。

「よろしい。じゃお母さんからは以上です」

「うん。あ、そう言えば母さん、仕事納めはまだなの？」

「いーちゃん、自由にはね。責任がともなうものなんだよ」

あっ。

遠い目をする母とその言葉でおおよそは察せられた。

フリーランスの仕事もやっぱり大変なんだな……。

「ところでいーちゃん、今回のアドバイスは役に立ちましたか？」

「え、うん。とっても？」

胡散臭いまとめサイトかな？

急な方向転換に戸惑っていると、よかったあ、と母は両手を打ち合わせる。

「ならお礼に門松づくりお願いねー」

「え、今から僕一人で門松を!?」

年末に正月用の門松一対を手作りするのは、僕が生まれる前からの我が家の恒例行事だ。

材料は自前で揃うし作り方も別に難しいものじゃない。

ただ、できらぁと安請け合いをするには少し時間がかかる作業なんだけど……。

「大丈夫大丈夫、準備は響くんがしてくれてるから、あとは組み立てるだけ」

そこまでしてるんなら父が仕上げてくれればよかったのでは？　と思わなくもないけど
まぁ僕に時間があるのも確かだ。

「わかったやっておくよ」

「お願いねー」

まぁ、最近はずっと悩みごとで頭が一杯だったし、気分転換がてらに何も考えずに体を動かすのもいいかな。

美鶴と話すのも、母に言われたことを消化して自分なりに意見がまとまってからでも遅くないだろう。

§

「なんでここまでやって中断してるんだろう……」

そんな言葉が思わず出るくらいに門松製作の準備は万端だった。

先が斜めに切られた竹は高さを調整して三本組になっているし、飾り用の松とか南天とかもそろっているし、土台にする大きめの植木鉢の中に土まで入っている。

あとは土台に刺して、板になった竹を鉢に巻き付けるだけだ。

もしかしてもしかすると途中で一人で作業するのに飽きたんだろうか？

父ならあり得るなと思いつつ、納屋からまずは鉢を運び出す。

玄関先で作業しないと完成後に移動させるのは結構手間がかかるからだ（一敗）。

二個目の植木鉢を抱えて戻ってくるとドアが開いていた。

「わっ」

中をのぞくと薄暗い玄関で、あがりかまちに腰かけた不機嫌そうな美鶴と目があった。

「わってなに？」

思わず口を突いて出た驚きに妹が頬を膨らませる。可愛い。

脇には軍手と救急箱が置いてあった。

「ごめん、びっくりして。でも電気くらいはつけようよ」

「イオちゃん待ってただけだもん。はいこれ」

そう言って玄関から出てきた美鶴は、僕に軍手を押しつけるとそのまま庭石に腰かけた。

救急箱は膝の上に乗せている。

——あ、これ僕の作業を見守ってる感じかな。

「母さんになにか言われた？」

「うん、イオちゃんが怪我しないよう見ててあげてって」

「そっか」

言葉通りに受け取ると幼児扱いされてるみたいで兄心に傷がつくけど、さっきの話を考えると多分美鶴と話しやすいように理由をつけてくれたんだろう。

そもそも切ったりなんだりの刃物使うような作業は終わってるし、門松づくりが途中で止まってたこと自体がこのためなのかもしれない。

僕にはああ言っておいてこの手回しの良さ、やっぱり母には頭が上がらないな。

「時間かかると思うから、寒くなってきたら家に入った方がいいよ」

ちゃんとコートも着てるし、余計な心配かもしれないけど一応懸念を伝えておく。

「わかってる」

妹の返事はちょっと拗ねた声だったけど、本当に険悪になってたらこんな返事もしてもらえないだろうしセーフかな。

「じゃあ僕、残りの材料とか持ってくるから」

「手伝おっか？」

「大丈夫大丈夫、大した量じゃないよ」

「ん、わかった」

田舎ではなぜかみんな当たり前に持っている農作業用っぽい謎のオレンジのコンテナにつめて二往復。

言葉通りに手早くすませてまずは竹を鉢に刺していく。

飾りつけのセンスのなさには自信があるけども、左右で高さをそろえるくらい苦労はない。

そのあとはまぁスマホで参考画像でも探しながらやればひどいことにはならないかな……。

「これ、左右の高さそろってるよね」

「ん……大丈夫じゃない？」

振り返って声をかけると、建前では僕の作業を見守っているはずなのにそっぽをむいていた妹が、こちらに視線を向けて同意を示す。

よし、なんとか会話はできそうだな！（グッドコミュニケーション）

「ねえイオちゃん」

「んー？」

「なんでつかささんと付き合うことにしたの？」

「え……」

「美人だから？」

「美鶴??」

と思ったらいきなり妹の方から危険球が放り込まれてきた。

あとなんか前にもこういう聞かれ方した気がするな……。

「それともお金持ちだから？」

「美鶴??　あの、僕がそういう人間に見えるの……？」

もしそうだったらいよいよ泣くしかできないんだけど。

あと思い出した、これ前に葛葉に聞かれたやつだ。

そしてその時と同じように、妹もまた不思議そうな表情を浮かべていた。

「だってお父さんに『美人でお金持ちの彼女が欲しい』って言って、つかささんと婚約させてもらったんでしょ」

「それは事実を含んでいるけど、解釈におおいに誤解があるかな……！」

父ェ……！

妹がどんな説明を受けたのか知らないけど、やっぱりちょっとあの人だけは叩いても許される気がしてきた。

それとも僕か、僕が悪いんだろうか。

美人でお金持ちの彼女を求めたことはそんなにも重い罪なんだろうか。

あんなのただの願望というほどでもない軽口じゃん……！

それともそういう女の子と実際に付き合えたがために、今こうして罰を受けてるんだろうか。

罪とは――そして罰とは――うごご。

ただもしそうだとしてもやっぱりちょっと量刑が重すぎると思うけども。

妹にこんな欲望剥き出しの人間だと思われるほど悲しいことってある⁇

「いや父さんにそう言ったのは、別に実際に対応してほしかったわけじゃなくて、話が面倒だったから適当に答えただけなんだよ。そもそも『欲しい』って言ったんじゃなくて、好みのタイプであげただけだし？　あとほら発言を理由にしての婚約関係は一度解消されているわけだし」

すごい、本当のことを言っているはずなのに我ながら嘘っぽく聞こえる。

「なんで早口なの？」

「うぐ」

と思っていたら案の定妹にも突っ込まれた。

もうダメだ、おしまいだ。

あとそもそもの妹の質問への答えは「好きになったからだけど、そうなったはっきりとした理由はとくにないです」になるんだけど、それで納得してもらえるかどうか……。

なんでも正直に言えばいいってものじゃないことは、ここ半年ほどでいやというほどに理解している。

そうだ僕だって成長しているのだ、今こそそれを活かすときなのでは？

「だからまぁ僕は美人でお金持ちの彼女が欲しくてつかささんと婚約したわけじゃないし、それが理由でまた付き合ってもらったわけでもないよ」

あとはどう言語化するか、だけど。

わかりやすいのは「僕は僕のことが好きな女の子のことが好き」という説の提唱だけど、これは「じゃあ誰でもいいの？」って言われそうでよろしくない。

そもそもそれが全てでないことは、歪んだ形だけども葛葉の例で否定される。

いや、純粋に彼女のあれが好意だったかと聞かれると首をかしげるから否定できないのか？

母が気をきかせてくれたのはわかるけど、やっぱりもうちょっと考える時間が欲しかった……！（掌返し）

「ふぅん、じゃあ結局つかささんと付き合った理由は？」

「つ、つかささんのことが好きになったから……」

追い詰められて、結局小学生並みの中身のない答えになってしまった。

疑問形にしなかっただけ、僕個人としては成長が見せられたと思うんだけど妹には評価されない項目だろうな……。

「ふーん……」

「こ、こういうのって色々言語化するのは難しいものなんだよ」

思わず言い訳がましくそう付け加えてしまう。

それで一層妹の目の冷たさが増した気がする。

思えばちょっとこう「恋人のいない美鶴にはまだわからないかもしれないけど」みたいにも取れるような言い方になってしまったかもしれなかった。

僕は辛い。耐えられないかもしれない。

「ええと、それで美鶴はなんでこんなこと聞いたの？」

質問を質問で返すと怒られるのが定番だけども、曲がりなりにも一度答えは返したし多分セーフだろう。

何より僕が聞かれたことにただ答えているだけでは話が進まない。

結局妹がどう思ってるのかを知るためには、彼女自身にも話してもらわなきゃ。

まぁ「気になったから」以上の答えもない気はするけど。

「だって――」

しかし僕の予想に反して妹はちょっと答えに困る様子をみせたあと、予想もしなかった答えを返してきた。

「――だって、イオちゃんは私の王子様だったから」

「ええ……」

おおよそ僕の人生で自分に結びつけられたことのない概念がお出しされちゃったぞ……。

推奨どころか必要スペックにも全然届いてないと思うんだけどな。

その王子様動きがカクつきまくってまともに動作しなさそう（ゲーマー並みの感想）。

あと「だった」って過去形なのが辛い。泣きそう。ちょっと泣いた。

「イオちゃん、またなんかネガティブなこと考えてるでしょ」

「うん……いや、でもうん。その、僕がええと、それだとして、つかささんとどうつながるの？」

「――だから、イオちゃんの恋人になってくれる人は、きっと綺麗（きれい）で優しくてお姉様みたいな人だって思ってたんだもん」

「ええ……そんなこと考えてたの⁉」

期待が、期待が重い……！

彼女作るだけでも僕にはベリーハードだったのに、そんなにハードルを高く設定されてたなんて。

「なに、ダメなの？」

「や、悪くはないけど。でもそれならつかささんも割と条件を満たしてると……」

綺麗なのは疑いようがないし、色んな意味でいい性格と言われそうではあるけど意地悪でもないし、ミスキャンパスでドレスが似合うことも証明してるし、あとお金持ちだし。

「そうだけど、つかささんはこう――なんかちょっと違うの！」

ひどい、と出かかった感想をなんとか飲みこむ。

妹がそれを軽い気持ちで口にしたわけでないのは、声と表情でわかったからだ。

「前に色々あったみたいだし、それでイオちゃんもなんか女の人と喧嘩してるし」

「喧嘩してたわけじゃあ……」

ないとも言い切れないか。多少の反撃はしてたし。

ことの発端が天道と沢城（さわしろ）さんの過去にあったとはいえ、僕が天道側に立って話をしてたのは事実だし。

そして思い返せば妹が巻きこまれた、って当時の感想も僕の言い分というか、うん、喧嘩だなあれは……。

「つかささんのお家の人が怒って婚約解消したのに、また付き合ってるのも意味わかんないし。それって本当に好きなの？　つかささんはちゃんとイオちゃんのことずっと好きでいてくれるの？」

「美鶴、そのそれは」

「だって！　だって変でしょ！　つかささんとイオちゃんはダメで、なんでおじいちゃんならいいの？　おばあちゃんと結婚したのに」

「いや、それは僕がそう提案したからで……」

「絶対変だよ、変なのにおじいちゃんは楽しそうにしてさ、家にいないこと多くなったし、なんで色んな人と付き合うの？　――おばあちゃんが、かわいそう」

妹の声は最後には震えていた。

「イオちゃんも、そうなっちゃうんじゃないの？」

「あ――」

――あぁ、そうか。

妹からすれば、ことは初めから僕と天道のことだけではなかったのか。

僕はまず自分たちのことで精いっぱいだったし、天道のおばあさん本人とも話をしたから印象が違うけど、妹からすれば夏以降の祖父の行動は変心にしか見えなかっただろう。亡くなった祖母への裏切りにさえ思えたかもしれない。

妹の年齢ならそう感じても不自然じゃない。ただそれでも直接祖父に言えるような性格ではないし、本人が幸せそうにしていたらなおさらだろう。

そうして僕が天道にかかりっきりで妹に構わなかったことを含め、積み重なっていた想いが今こうして表に出てきているのだ。

「美鶴、ごめんな」

「……なんでイオちゃんが謝るの」

うつむいてしまった妹を抱きしめた。

涙もろい妹だけど大きくなってからはそれを見られるのを嫌がると知っているからだ。

「ちゃんと、美鶴と話をしなかったから」

——妹は小さい。

兄という、年齢でも体格でもスペックでもより大きな存在がいたからか、僕にはことさらそう思える。

だから自然と優しく大事に接しようとして、その結果として妹も僕を兄として慕ってくれていたはずなのだ。

　でも天道と出会って僕にとっての「世界で一番大事な女の子」が変わった――少なくとも恋人と家族との二項目に分かれてしまった。

　何のことはない、それでも妹は僕のことをずっと心配してくれていたのだ。

　深く考えもしないで、初めての恋人に浮かれっぱなしだった馬鹿な兄のことを。

「――ええと、じいちゃんがどう思ってるかは正直僕にもわからないけど、ばあちゃんのことを忘れたわけじゃないと思うよ」

「わからないのにそう思うの？」

「婚約の顔合わせのときに、じいちゃんだけ顔を出さなかったのが理由。それに結局つかささんのおばあさんと話し合ってもらうことになったのも僕が頼んだからだし」

「……」

「美鶴だって、じいちゃんが実はばあちゃんよりつかさのおばあさんが好きだったたって思ってるわけじゃないでしょ？」

「それは、そうだけど……」

　祖父母は、両親とはまた違うタイプの仲のいい夫婦だった。

　だからこそ妹は現状がショックなんだろうけど、一時の祖父の落ち込み方を思えばあれが嘘だったとまでは思えないはずだった。

「それで、僕とつかささんのことだけど、たしかに美人で素敵なのは間違いないんだけど、悪い点とかダメなところも――まぁ、結構あるってちゃんと知ってるから」

世間的に恋人としては僕の方がもっと落第だという自虐的な気分はひとまず棚上げしておく。これは兄として、妹を安心させるために必要なことだから、と。

「彼女が僕をずっと好きでいてくれるかは、正直わかんないよ。でもそれは僕やつかささんどうこうじゃなくて、付き合うってこと自体そういうものだし」

「……うん」

「だってほら最初は僕自身は付き合うどころか、婚約解消してもらうつもりだったし」

「そうなの？」

「そうだよ。理由は美鶴が知った通り」

「美人だからラッキーとか思わなかったの？」

「思わなかったね」

そこだけは自信を持って言える。

なにせ童貞にはどうにかできる相手では到底なかったというか、正直振り返れば自分のことだから納得はしてるけど、もし他人から聞いた話だったら「なんで？」となるような経緯ではあったからな……。

あとやっぱりちょっと妹に大分チョロい兄だと思われている気がするので、ここの誤解も解いておかなきゃ……。

「だからその、説明しづらいんだけど、僕はつかささんの悪いところも知ってるし、それはつかささん側もきっとそうで、その上で今は互いに恋人でいたいと思ってるから付き合っているわけだけど、今後気持ちが変わることはあるかもしれなくて、でもそれは別に不自然とか、悪いことだけでもないと思うんだ」

そこら辺の想いをなんとか頑張って言語化する。

実際こういうのを口にするのはちょっと恥ずかしいし、実際にいざ天道が心変わりして振られた日には死ぬほど落ち込む気もするけど、それでも正直なところを伝えていく。

妹だって僕にとっては今なお天道と同じくらい大事な女の子だと、そう思っているとわかってほしいから。

「――どうかな」

「どうって言われても、イオちゃんが何を言いたいのかよくわかんない……」

ですよね！

我ながら何を伝えたいのか、抽象的すぎるとは思ったんだ……！

でもこれ以上何を言えばいいのかわからないというか、あんまり言いすぎても逆に嘘っぽく聞こえる気がするぞ。

そんなことを考えていると、ぐず、と妹が鼻を鳴らす。

それは少し笑ったようにも聞こえた。

「オウフ」

ぐりぐりと胸に顔が押しつけられる。しばらくそうしたあとで妹が背に回した腕にぎゅうっと力をこめた。

「おじいちゃんのことも、イオちゃんのこともまだわかんない――でもね」

「美鶴？」

妹が顔を上げる。

こすりつけた鼻が赤くなってたり、目元に明らかに泣いた跡があるけれど、それでも妹は笑っていた。

「でも、イオちゃんがこんなに必死なの、久しぶりだから――言ってること、わかったことにしといたげる」

妹の言葉に膝が折れそうになるのを、なんとかこらえる。

「――うん、ありがとう」

安心すると力が抜けることって本当にあるんだな。

つい最近までは緊張とあんまり縁のない人生を送ってきたからな……。

「よかった……」

「……そんなに心配してたの？」

だからほとんど無意識に口から出た言葉を、妹に指摘されて自分の不安のほどを改めて自覚した。

「そうみたい、自分では気づいてなかったけど」

「そっか、そうなんだ」

おさまり悪い気持ちでそう認めると、なぜか妹の機嫌ゲージはさらに回復傾向になったようだった。

「——ところでイオちゃん？　もしね、私が色んな人と付き合ってた男の子を好きになったって言ったらどうする？」

「それは——」

ダメでしょ、と反射的に言おうとしてなんとかギリギリで飲みこんだ。

さっきの今で確実にそれだけはダメな回答だった。

いや妹はまだ高校生だし、そうなると相手が同年代でも年上でもちょっとまぁ偽らざる本心として心底やめてほしくはあるんだけど、それを僕が言ってはおしまいというか。

まぁもうこんなこと考えてる時点で自己矛盾してるとか棚上げかよとか言われそうだけども、思ってても言葉にしないことの意味はとてつもなく重いのでセーフ。

自己欺瞞（ぎまん）じゃなくてこれは圧倒的にセーフのはず……！

「ええと、まず美鶴の話をよく聞いて、それから相手のことも時間をかけて知ってから、判断しようとする、かな」

綺麗ごとかなあと自分でもちょっと思うし、いざ実際に起きたときに僕がちゃんと実行できるかといえばあんまり自信もない。

それでも、もし妹が本当に好きだという相手なら、そうすべきだと思うのには偽りがなかった。

僕が天道と付き合ってるからとかでもなく。

いや本当にちゃんとできる自信はないけども。

「ん――じゃあ私もお兄ちゃんと同じようにしてみるね。イオちゃんの話は聞いたから、つかささんのこともちゃんと見て、考えて判断する」

できるかはわかんないけど、と言って妹は小さく舌を出した。

「美鶴……」

滅多にしてくれない呼び方に、何とも言えない思いが胸にあふれる。

「ありがとう」

「いいよ、別に。イオちゃんも、ちゃんと全部私に話してくれたもん。あ、でもいきなりつかささんと仲良くはできないからね」

「うん、そこまでは求めてないというか、美鶴が気を使ってくれてたのは、つかささんもわかってるから大丈夫だよ」

「そっか――大人なんだね、つかささんも」

「大学生なんてそんなに大人でもないけどね……」

というかむしろ僕らと比較したら年齢からすれば美鶴の方が大人なんじゃないかって気もしなくもないけど。

「あ、それと僕も美鶴のことはお姫様みたいに思ってるから、覚えててね」

王子様みたいに素敵な相手と結婚してほしいとまでは言わないけど、少なくともハッピーエンドを迎えて欲しいという点では妹と意見も一致している。

「――ホントに？　つかささんじゃなくて私がお姫様？」

「うん。それにお姫様は複数いたっておかしくないでしょ、お妃様なら問題だけどさ」

一瞬、ぱあっと顔を輝かせた妹は、しかし僕が付け加えると途端にスンっと真顔になってしまった。

「……イオちゃんって本当変なところ理屈っぽいよね」

「え、これダメだった？」

しみじみと呆れたような声で言われてしまった。

個人的にはいい発想だと思ったんだけどな……。

「んー、いいんじゃない。つかささんがどう思うかは知らないけど」

多分同じようにダメだしされそう。

「ほらイオちゃん、さっきから手が止まってる。早く作んないと暗くなっちゃうよ」

「アッハイ」

なんか最後の最後でポイントを落としてしまった気がするけど、一番大事な妹と打ち解けるという目標は達成できたと思うのでヨシ！

第四話　変わるもの、変わらないもの

　ごごごごとうなりをあげる機械の中で、湯気を立てる無数の米粒ががたがたと震えながら回転をはじめ、少しずつ一つの塊へとなっていく。

　妹との雪解け？　の翌日、母にもちづくりを申しつけられた僕は、キッチンの隅で床に置かれたもちつき機と向かい合っていた。

　主な仕事はちゃんと機械が動いているか、何かの間違いでもちが飛んでいかないかの見張りであり、工程の大半は機械任せのらくなものである。

「――――」

「え、なんだって？」

　騒音の中で何やらかけられた声を聞き逃した僕に、隣の天道(てんどう)が耳元に顔を寄せてささやく。

「こんなふうにしておもちを作るのね、って言ったの」

　思わず背筋がびくりとした。あといい匂いもした。

心臓に負担がかかるので普通に声を大きくして対応してほしかったな……。

「結構見てて面白いよね」

「そうね」

と返事をして僕の隣に屈みこんだ天道は、もちつき機を興味深そうに眺める。

日に焼けて元の色がわからないくらいに退色したシールと黄ばんだ白いボディが年季を感じさせるもちつき機は、年に一度か二度の稼働率ながらも僕が物心ついたときからの現役だ。

動きはじめてほどなく米粒の集合体は一つの丸い塊となって、ぐるぐると踊るように機械の中で回りはじめる。

むちむちしたもちの質感といい、不規則に跳ねる、まるで生き物みたいな回り方といいなんともユーモラスな光景だった。

天道も同じような感想を抱いているのか、無言で見入っている。

「……イオちゃん、つかささん、何してるの？」

「わ」

そこに背後から声がかけられる。

振り返れば、長方形の大きな木箱を両手で抱えるように持った妹が立っていた。

「おもちができるところ見てたの、面白い機械ね――できたらこれに移せばいいのかしら」

僕に先んじて立ち上がった天道が、妹から木箱を受け取ってテーブルの上に置く。

年季が入ってかなり黒ずんでいる桐製の箱はこれも年末年始だけに使うもので、普段は納屋にしまいこまれている。

「はい、あ、でも先に粉をしかなきゃダメで――」

「あ、大丈夫。母さんから預かってる、ほら」

「そう？　じゃあお願いね」

「うん。ところで美鶴（みつる）も見てく？　もう大分丸くなっちゃったけど」

場所をあけるべく腰を上げると、妹は微妙な表情で首を横に振った。

「いいよ。もう子供じゃないんだし」

「えっ」

今でも僕は見てて結構楽しいんだけどこれって子供っぽいかんじ？

そんな絶望的な内心を察したのか、天道が笑みを隠すように口元を押さえる。

あ、なんかこれ普段以上に恥ずかしいやつ……！

「そ、そっか……」

「それよりイオちゃん、なんで暖房つけてないの？」

古い家なので空調なんてもちろんないし、流し台やコンロの前は窓になっているし、なんなら勝手口の土間から冷気があがってくるしで台所は家の中でも一、二を争う寒い場所になっている。

とはいえまだ日も落ちてないから油断していたのだが、妹には気がきかないと見なされたらしい。

いや見なされたというか事実気はきいてないんだけども。

「いやほら、コンセントが空いてなくて……」

「ストーブ持って来ればいいじゃん。つかささん、寒くないですか？」

苦しい言い訳は当然のごとく一蹴された。辛い。

「大丈夫よ、ありがとう。うちも場所によっては似たようなものだから慣れてるわ」

「イオちゃんが見てるからこたつで待ってても大丈夫ですよ」

そこはかとなく扱いも悪くなっている……！

兄の、兄の威厳が——別に元々無かったから大丈夫だな。大丈夫とは？（自問自答）

「ええ、寒くなってきたらそうさせてもらうわね」

「はい。じゃあイオちゃん、丸めるのは手伝うからできたら呼んでね」

「うん……お願い」

妹の視線に確かなダメだしの気配を感じて静かに凹む僕から、天道がもちとり粉を取り上げる。

「伊織くん、この粉は全部使っちゃっていいの？　うちの家だと箱全体にまいてたと思うんだけど」

「あ、うん。ただ最初は隅っこに塊で落とすから、そこに重点的にまいて、あとは全体に薄くって感じかな」

「ん、なら伊織くんにしてもらった方がよさそうね。できあがりにはまだかかるのよね？」

「あと五分くらいかな」

ジジジと音を立てるゼンマイ式のタイマーは作業完了までにまだ目盛りを残している。

それを伝えると天道は再び僕の隣に屈みこんだ。

「ちなみに、私は見てて楽しいわよ？」

「……優しい言葉をどうも」

男はいつまでも心に小学生を持ってるものだって言うし……（震え声）。

なんてことを考えると天道が僕の手を取り、指を絡めてきた。

そのまま僕の肩に身を預ける。

「美鶴ちゃんとの仲直り、上手くいったみたいね」

少し落ち着いてきたもちつき機にぎりぎりかき消されない程度の声で、独り言のように
そう言った。

「あ、うん。その、長い目で見てくれるって」

「良かった。私とはまだしも、伊織くんともぎくしゃくしてたじゃない？」

不安げな、とか気弱な、とかそこまで弱々しい声ではない。

ただそれでも、出会って以来僕の中で何度もイメージ修正をしてきた天道つかさ像から
すれば、やはり少し珍しい反応だった。

「だから今日の二人を見て、すごく安心したの――自分で思っていた以上に気になってた
みたい」

「…………」

それに何と答えたものか、とっさには思いつかない。

ただ彼女がつないだ手に力をこめることで、ひとまずの答えとした。

妹の変化ははっきりと目に見えるもので、会話や同席を避けるようなことはぴたりとな
くなったし、さっきみたいに必要であれば声もかけてくれる。

僕より圧倒的に察しの良い天道がそれに気づかないはずもない。考えるところがあったのは当然だ。

けれど、それは良い変化、喜んでいいはずのものだった。

「昨日、母さんに美鶴とちゃんと話をしろって言われてさ」

「お義母さまに？」

「うん。それでその時に、これはつかささんと美鶴の話の前に、僕と妹の話だからって言われてさ。それはそうだなって思ったんだ」

「ええ」

「だから、僕と妹のことはそこまで気にしなくても、いいんじゃないかな。これから美鶴にもつかささんをもっと知ってもらえば、きっとなんとかなると思うし」

「ん、ありがと」

楽観的かもしれない。

それでも偽らざる本心を伝えると、天道つかさは彼女らしい笑みを浮かべた。

「――せっかくだからご家族にいいところ見せたい思いはあったんだけど、なんだか伊織くんにポイント稼がれてばっかり」

「まぁ、ホームアドバンテージがあるからね」

実際には存在感を消している父のせいで男女比で一対三と非常に分が悪いので、そこまで気楽なわけでもないんだけど。

そこでチン、とタイマーが甲高い音を立てて作業の終了を告げる。

いまだ湯気の立つもちは完全に丸まるとした姿になって、ご飯とは微妙にことなる独特の匂いをたてていた。

「とと、準備しないと」

詳しいことは覚えてないけども、つきあがってから小さく丸めるまでは何となくスピード感が大事な気がする。

あとつきたてのつまみ食いが格別なのは間違いない。

「わっと」

「慌てすぎじゃない？」

袋から粉をぶちまけた僕に、天道はくすくすと笑う。

「それじゃあ美鶴ちゃん、呼んでくるわね」

「うん、お願い——アッツ！」

手に粉をつけてもちを取りあげる。その熱さに漏らした悲鳴に天道が吹き出すのが聞こえた。

§

「――あれ」

夜、大分会話にもぎこちなさの取れてきた夕食のあと、妹、僕、天道、父母（順不同）でローテが固まりつつある入浴の時間も終え、髪を乾かすと言ったあと客間から戻ってこない彼女の様子を見に行くと、障子越しに明かりがついてないのがわかった。

「つかささん？」

もう寝てしまったのかと小声で呼びかける。当然のように返事はなかった。

互いの寝顔はもう何度も見ているけども、眠っている部屋に入るとなると途端に難易度が上がる気がするのは不思議だな……。

逆なら僕が風邪をひいたときに体験しているんだけど。

ちょっと耳を澄まして寝息が聞こえないか確かめようとして、これはこれでちょっと変態っぽい気がするとやめておく。

もし天道が寝ているなら、わざわざ起こしてまでしたい話があるわけではないし、暗くて冷え切った廊下もあんまり長居したい場所ではない。

「おやすみ」

障子越しに小声でそう言ったあと、ひゅうと風が吹きこむ音に気づいたのは偶然だった。

不思議に思ってカーテンを開けると、掃き出し窓にわずかに隙間があいていた。

鍵もかかっていない。

「ヒェッ」

視線を上げると暗い庭にぼんやりと人影が見えて思わず息を呑む。

直後に、それが天道だと気づいた。

ぼんやりとした様子で彼女が見上げる空には細くなった月が浮かぶ、雲の多い夜だった。

「——つかささん」

窓を開けて呼びかけると、天道が視線をこちらに向ける。

風は弱いけれど、空気は冷たい。

廊下で冷え切ったように思えた体がぶるりと震えた。

「伊織くん」

天道が、はじめて口にする言葉のように僕の名を呼ぶ。

あまり彼女らしくはない、元気のない様子だった。

踏み石のサンダルに足を突っこんで、縁側から庭に出た。

「寒いでしょ、どうしたの？」

　上着は羽織っているものの、十二月の寒さにはなんとも心もとない姿だ。

　近寄ってみると元々白い彼女の肌がさらに白く見えた。

「星がね、よく見えたから」

「あぁ……」

　言われて空を見上げる。

　月は欠けていても雲が多くて絶好の観測日和というわけではなかったけれど、冬の澄んだ空気の空にたしかに無数の星が輝いている。

　僕個人としては一人暮らしをはじめてから、むしろ街中でも星って見えるんだと思ったけれど、街で育った天道にはその違いは顕著なのかもしれない。

「コート取ってこようか？」

「ん、大丈夫よ」

　そう言われてもなあ、と思っていると、くいと腕が引かれる。

「気になるなら伊織くんが温めて？」

「――アッハイ」

　本気なんだか冗談なんだか、それでも天道らしい言葉にとりあえず頷いて彼女の背から覆いかぶさるような形で抱きつく。

案の定、彼女の体はすっかり冷え切っていた。

「ん……」

天道が身じろぎして腕の位置を調整する。ちゃんと乾かされた髪からはいつもの彼女の匂いがした。

冷たい空気のせいかそれを普段より一層強烈に感じる。

夜の冷たさが身に染みていく中で、天道と触れ合うところだけがじわりと温まっていく。

「なにか、考え事？」

「ええ。冬の夜ってちょっとそういう時がない？」

「まぁ、わかるかな……」

僕自身、思春期の頃に時々こうやって庭に出て星を見ていた覚えがある。

なんかこう、思い出すとちょっと背筋がぞわぞわする気恥ずかしさはあるものの、開き直りでなく人にはそういうのが必要な時があるのだとも思う。

兄や母も見て見ぬふりしてくれてたみたいだしな。

しばらく僕の腕の中で空を見上げていた天道は彼女を抱く僕の腕に手を添えたあと、独り言のように口を開いた。

「――結局、私って子供だったのよね」

意外なような、それでいて納得できるような言葉にひとまず僕は口をつぐんだ。

今求められているのはまず聞くことなのだと思ったから。

「決められた相手と結婚させられることが嫌で、調べもしないで嫌な相手だって決めつけて、それで自棄になった。今思えば逃避だったと思うのだけど、あのころはそれでいいって思ってた」

天道が饒舌なのも一方的なのもそこまで珍しいことでもないけれど、僕の反応を待たないという点でこれまでとは違っていた。

今までのそれらは明らかに僕のリアクションを期待してのものだったから。

「――えっちなことは嫌いじゃなかったし、男の子たちにちやほやされるのだって悪くはなかったわ。だからあとのことなんて考えなかったの。おばあさまが怖いのは変わらないし、母や姉さんたちは叱っても許してくれると思った」

「うん」

ちょっとこう聞きたいわけではない話題には思わず声が出るけれども。

心臓がきゅっとなるような感覚には慣れてきた感もある。

「伊織くんに拒否されて、コンテストでも勝てなくて。自分のしたことをわかったつもりでいたけど――それだけじゃなかったのよね。だって伊織くんのまわりには当然キミの大事な人たちがいて、その人たちにも受け入れてもらわなくちゃいけないって。私にとっても嫌われたくない人が増えることをちゃんと想像できてなかったの」

「うん」

その言葉には共感できる。

僕にとっては例えば水瀬がまさしくそういう相手だったし、葛葉も……いや、葛葉はうーん？　……保留でいいか。

まぁでもそういう、恋人の友人という無視するわけにもいかない関係なんて、まさしく未知の世界だった。

世界が広がる、というのが正しいだろうか。

まぁ陰寄りの僕にとっては交友関係のハードルはいつだって高いものだったけど、天道にとっても一緒だったんだな。

「美鶴ちゃんやお義母さまとこうやって話す機会があって、改めて沢城さんに言われたこと、過去の自分のことを考えさせられた。身から出た錆ってこういうことよね」

はぁ、と息を吐いて天道がうつむく。

沈黙が訪れる。

過去に散々正論で天道をぶっ叩いた自覚のある身としては何を言っても薄っぺらになるところだった。

何を言うべきか——そもそも何かを言うべきなのか。

天道つかさと付き合うことがどういうことなのか、深く考えることを避けてきた僕自身いまだその答えを探している最中なのだ。

だから何も言わないことを選び、ただ回した腕に力をこめた。

ふっとその体から力が抜けて天道は僕の胸に預けた背をよりかからせてくる。

「——まぁ、だからってキミを諦める気なんてないけど」

「今つかささんに振られたら結構凹む自信あるよ」

下から伸びて来た手が頬に触れる。

ひっという声が漏れそうになるくらい冷たい手だった。

「なにか励ましの言葉はくれないの？」

「つかささんの強さは誰よりも思い知らされてるし……」

冗談じみて言われた言葉に、本心から返すと天道つかさが笑った気配がした。

「そう、じゃあご期待に応えることにするわ」

声はいつもの力強さに満ちていた。

「――部屋に戻りましょ、伊織くんにまた風邪をひかせたら申し訳ないもの」

「自分の心配はしないんだ……」

「ならお布団で温めてくれる？」

「温めるだけなら人間湯たんぽになってもいいけどね」

「じゃあまたの機会ね。いまはすっごくそういう気分だから、我慢しておくわ」

「うーんこの」

立ち直りが早すぎる。

やっぱり天道つかさは無敵なのでは？

「だって今後の具体策は浮かんでないんだもの、少しくらい良い目も見たいでしょ」

「わからないでもないけど――あぁでも、一つだけ僕にできそうなことがあったな」

「え？」

そうしてついさっきに浮かんだ思いつきを口にする。

不思議そうな顔をした天道が、詳細を聞いて浮かべた何とも言えない表情は多分一生忘れないだろうと思った。

第五話　決戦は大晦日

十二月三十一日。

一年の終わりの日にいつも独特の空気を感じるのは、僕個人の感想なのだろうか。

天気は晴れ。

前日夜に降ったみぞれの影響か気温は一桁と低いけれど風はなく、体感の寒さはそれほどでもない、おおむね普通の冬の日だ。

ＴＶでは正月特番や、初売りのＣＭが盛んに流れていて年末の特別感を醸し出すのに一役買っている。

とはいえ年越しの準備自体は昨日までで終わっているので、家にはなんとなく弛緩した空気が漂っていた。

大晦日に課題って気分でもないし、せいぜいが時折くる近所の人の挨拶に父母に呼ばれて顔を出すくらいでこたつに入ってぼんやりと過ごしてしまっている。

「大晦日にこんなにのんびりしたの、初めてな気がするわ」

「あれ、つかささん家は忙しいの？」

　母に手伝いを申し出ては断られていた天道が、少し居心地悪そうに言ったのに首をひねる。

　天道家こそお手伝いさんとかもいるし、こうなんか厳かに年を越してそうなイメージがあるんだけどな。

「ええ、親戚も集まるし挨拶も多いから、昼の間はあまり気が抜けないのよね。夕方からはさすがに落ち着くんだけど」

「あぁー……」

　そうか、お金持ち一族のご本家だもんな。

　関わる人間の数がうちとはまったく違うのか。

　それは大変そうだ……。

「興味があるなら、来年は伊織くんがうちの家で過ごしてみる？」

「ま、前向きに検討させていただきます……」

「玉虫色の返事ね」

　だって仮にお金持ち同士の挨拶に顔を出すことになったら緊張するし。

「逆に来年もつかささんがこっちでゆっくりするってのはどうかな」

「魅力的な提案だけど、実家で年越しするのもあと二回になるかもしれないし」

「アッハイ」

大学卒業とともに嫁入りしてくる気かな??

いや、それ自体は歓迎なんだけども、こう現実的な予定としてあっさり述べられると意識の違いが改めて感じられるというか。

天道が僕に振られる心配をしないのは当然として、自身の心変わりも想定していないのは喜んでいいところだろうけど、ちょっとくすぐったさもあるというか。

あと下手なことはできないなってなんとなくの圧を感じないでもない。

「美鶴ちゃんも一緒にどう？　お客様だから何もしなくて大丈夫よ」

「……いえ、遠慮します」

振られた言葉に、少し考えた末に妹はきっぱりと断りを入れる。

塩対応というより、これは明らかに兄の恋人の実家（しかもお金持ち）での年越しというシチュエーションへの困惑だろうな。

「そう？　残念ね」

天道にもそこら辺は感じとれたのか、言葉ほどには表情に残念さはない。

「イオちゃん」

「え、僕？」

「……いい、なんでもない」

何か言いたげな目を向けた妹が、口を開きかけてふいとＴＶに視線を戻す。

あ、これむしろイチャイチャすんなって思われてるな？

確かに妹もいる居間でいつものノリで会話してた。

去年は兄たちで散々に苦々しい思いをした僕がまさか加害者側（誇張表現）に回ってしまうとは、おそるべし男女交際……。

「いーちゃん、みーちゃん、つかさちゃーん。ちょっと買い忘れがあったから出かけてくるけど、なにか欲しいものあるー？」

救いはそんな声でもたらされた。

ひょっこりと顔だけをのぞかせた母がちらりと僕に視線を向ける。

やりとりを聞いていたわけでもないだろうにその目が「ヨシ！」と語っていた。

年越しを前に二人の緊張緩和はできたし、多少は兄としての役目を果たせたと認めてくれたってところだろうか。

「僕は特にないかな」

「私も大丈夫です、お義母さま」

「んー、私はついてこ。コート取ってくるね」

「そ？　じゃあいーちゃんたちはお留守番で。もう予定はなかったと思うけど、誰かきたらお願いね」

「大丈夫だよ」

留守番を心配される年齢でもなければ、そもこんな日に訪ねてくる人なんて大体が知り合いだろうし。

苦笑をすると、妹の足音が遠ざかったところで母がいたずらな表情を浮かべた。

「――三十分くらいは二人っきりだと思うけど、そろそろ帰るよーって連絡はした方がいい？」

「大丈夫だよ……！」

親からのそういういじりは本っ当にやめてほしいな……！

あと天道がやけにニコニコしてるのもちょっと怖いんだけど。

なに、これって一般的な理解ある親の対応なの？　ちがうよね？

「お母さーん。用意できたよー」

「はいはーい。じゃあいってきまーす」

「いってらっしゃい」

「お気をつけて」

妹が呼ぶ声に振り返ったあと、天道との意味深なアイコンタクトのあとひらひらと手を振って母は玄関に向かう。

「伊織くん、二人っきりね？」

「悪ノリは本当にやめようよ……」

早速過ぎる。

「あら、でも本当に久しぶりじゃない？」

「それはそうだけど、さっきの今じゃもう何しても絶対に母さんのにやけ顔が頭にちらつくんだよ」

「私、別に何かしようって言ったつもりじゃないんだけど」

「絶対うそじゃん……」

だって手は握ってくるし、こたつの中で足で触ってきてるし……。

「でもそうね、そう言うならじゃあ逆にどこまでできるかチャレンジしてみましょうか」

「何かしようって言ったつもりじゃないとは一体……」

うごご。

とはいえ周囲を気にしなくていいのは実際にその通りだった。

またこれだけ長い間一緒にいて彼女に触れないというのが初めてなら、その飢えもまた人生で感じたことのないものだった。

「いや？」

だからそう笑う天道に逆らうことはできなくて。

ミカンの口移しまでしてもらった僕はやっぱりもうダメかもしれない（再確認）。

§

「じゃあ行ってきます」

「はーい。ホントに送らなくていいの？　私はお酒飲んでないし、車出せるけど」

「大丈夫です。散歩程度の距離みたいですし、お義母さまはゆっくりされててください」

「んー、あんまり道良くないんだけどねえ。いーちゃん、迎えがいりそうならちゃんと連絡してね？」

夕食を終えて、いよいよ年越しが迫るころ二年参りに出かけようと準備する僕らに母が声をかけてきた。

「わかってる。懐中電灯もスマホもちゃんと持ってるし、大丈夫だよ」

ちなみに父はといえばお酒も入ってこたつで呑気にいびきをかいている。

「イオちゃん、つかささん。気をつけてね」

居間から寝巻きにどてら姿の妹も顔を出す。

普段あまり夜更かしするタイプじゃないからか、眠たげな表情をしていた。

「ん、ありがと」

「ええ。それじゃあ行ってきます。よいお年をお迎えください」

よいお年を、と挨拶をかわして家を出る。

向かう先は近所のお寺だ。

特に有名というわけじゃないようだけど、除夜の鐘を参拝者が突けるということで今日の目的地になっている。

「つかささん、寒くない？」

「着こんできたから大丈夫、それにしても本当に真っ暗ね」

星がよく見えるはずね、と並んで歩く天道が感心してるような驚いているような声を漏らす。

バス路線になっている道路にはかろうじて灯りがあるものの間隔は広いし、そのほかの畑の間を通るような脇道は真っ暗だ。

ときおり通り過ぎる車のヘッドライトが助けになるくらいで、それも対向車だと目つぶしになってかえって危なかったりする。

「足元、気をつけてね」

「じゃあ伊織くんに支えてもらわなきゃ」

「それはかえって歩きにくくない⁉」

いやまぁ寒さもあるし、腕を組むのは構わないんだけども。

歩道自体も狭いところがあったり、とにかく田舎の道は歩行者に優しくない。

本来は母が心配していた通りに車を使った方がいいのは事実だった。

「来年こそ免許取らないとなあ」

「いいんじゃない？　デートの選択肢も増えるし」

車を買う貯金はないけど、と言いかけて飲みこむ。

この流れだとじゃあ実家で余ってるのがあるからとか言われそうで怖かった。

「つかささんはどこか行きたいところある？」

そもそも初心者で遠出って難易度高い気もするけど、まぁ未定の未来の話だし今後の参考に多少はね。

「そうね、やっぱり王道に海とか温泉とか？」

「なるほど」

なんだろう。

まったく変な行き先ではないんだけれど、天道に言われると「どっちも薄着になるんだな」って考えが浮かんでしまうのは僕が邪なんだろうか。

「伊織くんは？　どこか連れて行きたいところないの」

「んー、第一候補の実家は今回で済ませたからなあ」

天道は意外と星に興味があるみたいだし、そういうのもよさそうだろうか。

温泉と合わせればぱっと思い浮かぶのは熊本の阿蘇あたりだけど。

「ふふ」

なんて考えていると天道がなにやら小さく笑って、組んだ腕に力をこめてきた。

どうやら何か琴線に触れたらしいことだけはわかる。

視線を向ければ彼女は嬉しそうな、それでいてどこか自慢気な笑みを浮かべている。まあまぁいつものことだった。

「伊織くんは一番にご家族に私を紹介したかったんだ？」

「まぁ、じいさん以外は春に全員で一度顔はあわせてるけどね」

「でも家の都合で決まった婚約者と、キミが自分で選んだ恋人じゃ立場が全然違うでしよ？」

「それは確かに」

あぁ、そうか。

自分の中でうまく言語化はできてなかったけれど、天道を実家に連れていくというのはそういう意味を求めてのことだったのかな。

それが今回のような形になったのが、どこか引っかかっていたのかもしれない。

いやでも、僕自身でタイミングうかがってたら割とぐだぐだになってそれはそれで天道が不機嫌になったり母に呆れられたりすることになった気もする。

「それで言えば僕がつかささん家に連れてかれたのは早かったよね」

僕と違ってあれは囲い込みの一環だった気がするけど。

いや、でも思惑としては一緒になるんだろうか、なんだか認めがたいな……。

「七夕(たなばた)ね。なんだかもうすごく昔に思えるから不思議よね」

「密度が濃かったからね……」

ともあれ災い転じて、じゃないけれど少なくとも妹と天道の関係をまた再構築するための足がかりは作れたのだ。

今回の帰省は悪いことばかりではなかった。

そうしてそれをもっと良いものにするために、今年の内に済ませなくては、いや、済ませておきたいことが残っている。

ちらほらと人と行き先を同じくするらしき車が増えてきたころ、スマホがメッセージの受信を告げた。

『――整理券は先に貰っておいたよ』

待ち人はどうやら僕らの方になるようだった。

第六話　彼氏が後輩に寝取られたので後輩の彼氏を寝取ります（失敗）

年越しを目前に控えたお寺の境内には老若男女さまざまな人が集まっていた。

参拝に向かう人、参拝を終えて帰る人、知人と話し込んでいる人。

深夜ということもあって声は控えめだけど、それでもときおり笑い声と寒さを訴える声がそこかしこから聞こえてくる。

「やぁシオリくん、天道嬢。ごきげんよう」

「こんばんは。今日はありがとうございます」

「――こんばんは」

そんな中で今度は五日ぶりと早い再会になった沢城麻里奈は、先日よりも厚着した姿で、どこか楽し気な笑みを浮かべて僕らを待っていた。

今年最後のイベントのボスとして実にふさわしい佇まいだ。

ハマり過ぎててちょっと笑えない例えだな。

「あぁそうだ、整理券渡しておくよ」

「あ、はい。どうも」

白い紙に達筆で『四十八』と書かれた整理券を受け取る。

真っ先にとある古いゲームが連想されてしまうのはちょっと悪いネットに毒されてる気がする。

「これ一枚で一人分ですか？　一回分？」

「知らないよ、私がするんじゃないし」

相変わらず親切だかそうでないんだかよくわからない人だけど、そういうこっちの心情に一切斟酌しないのが一貫しているのは間違いなかった。

「結婚式のケーキよろしく二人で突いたりするのもいるんじゃないかね」

「ええ……」

なんだろう、神事――お寺だから仏事だろうか、そういう行事に際してあんまりにも俗では？

それでなんの煩悩を払う効果が期待できるんだろうか。

いや、そもそもこういう考えが俗っぽいのか（自縄自縛）。

「あぁ、でも参拝は鐘突きの前にしておいた方がいいそうだよ。行こうか」

「アッハイ、え、沢城さんも一緒ですか？」

「不満そうだね、悪いかい？」

「いや、別にそういうわけじゃないですけど」

ただ本当に自由だなこの人とは思ってます。

「こんな時間にわざわざこんなところまで来たんだし、ついでだよ。天道嬢も構わないかな？」

「ええ」

かくして僕らは奇妙な組み合わせで参拝者の列に並ぶことになった。

よく考えたら作法なんて覚えてないし、今のうちにスマホで調べておかないとな……。

§

「――いやしかしシオリくんも相変わらずいい性格をしてるねえ」

そうして参拝を終えたあと、無料で振る舞われていた甘酒を手に僕らは境内の人気の少ない方へと場所を移した。

除夜の鐘を突きはじめるのは二十三時四十五分からとまだ多少の余裕がある。

「相談しろとは言ったけどまさか今年中に話がしたいと呼びつけられるとは思わなかった

よ。それも天道嬢をご同伴でとはね」

「こういうのって、時間が空いたら逆にどんどん何かするのに気力が必要になるじゃないですか」

　というよりこう個人的には人間関係の絡むことは勢いがないとできないのでやむを得ないところもあるというか。

「ふむ、ただの年越しイベントのお誘いじゃあなかったわけだ」

「わかってるでしょうに白々しいなあ……」

　なんだろう。

　どうやったらここまで胡散臭い雰囲気を出せるのか、ちょっとそっちが気になってきたな。

「ああ、そうだ。その後妹御との仲はどうなったかな？」

「そっちはまぁ、なんとかなりそうです」多分。

「それはなにより。私も仲のいい兄妹は引き裂くつもりはなかったからね」

「……別の仲は引き裂くつもりがあったように聞こえますけど」

　妹に関してはおそらく本音として、ついででジャブを撃ってきたなと思っていると天道が口を開く。

敵意を含むほどにはは身構えていないけど、硬さはある声だった。

「おや、そうかい？　そんなつもりはなかったけれど、もしそう聞こえたのなら申し訳ないね」

すごい。謝罪風煽りのお手本みたいな発言と表情だ。

本当楽しそうだなこの人。

「そうですか、早とちりしてすみません」

「いやいや、人は間違えるものだからねえ、構わないとも」

これに表情を変えない天道も強いけど、こういう方向でバトルしにきたんじゃないんだよなあ。

すう、と大きく息を吸って呼吸と気持ちを整える。

「ええと、それじゃあ本題に入りたいんですけど」

「うん、どうぞ」

「――じゃあ、つかささん」

「ええ」

天道の甘酒を受け取って、一歩場所をあける。

一瞬の沈黙のあと天道が動いた。

「沢城麻里奈さん、あなたの恋人とのこと改めてお詫びします」

すっと体の前で手を合わせたあと、深く首（こうべ）を垂れる。

見ていて惚れ惚れとするような、美しい謝罪の所作だった。

「――ごめんなさい」

頭を下げたままの天道の姿に、口を開けて呆気に取られた様子だった沢城さんが表情を硬くする。

「おいおい、これは何の冗談だ？」

「私、冗談で頭は下げません」

強キャラかな？　という感想が思わず口をついて出そうになった。

実に天道らしい発言だけども、それはそれでどうなんだろうと思わなくもない。

「それこそ悪い冗談だと思うがね。あの天道つかさが頭を下げる？　なんだい、シオリくんの入れ知恵かい？」

「いや、違いますけど……逆になんでそんな反応なんですか」

まぁいきなり謝罪を受け入れてもらえるなんて思ってなかったけど、悪い方向にいっても「謝ればいいと思ってるのか」って怒り出すとかそういうのだとばかり。

「今年最後に強烈なドッキリをされた気分だよ。やってくれたねシオリくん……」

「言いがかりでは？」

　そりゃあ天道と過去を振り返って今謝罪する気持ちがあるなら謝った方がすっきりするのでは、と話し合った結果だけどもそれにしたってなあ。

「ただまぁそれならクリスマスに妹の前で僕がくらったドッキリと相殺ってことでいいんじゃないですかね」

「私はあの時にちゃんと謝ったし、今日もこのクソ寒い中こんな時間の呼び出しに付き合って誠意は見せているだろ？」

「うーんこの」

　いや、実際にその通りではあるんだけどもほんと悪びれないなこの人。

　はぁ、と聞えよがしなため息をついて沢城さんは頭が痛そうに手を当てた。

「――とりあえず、顔をあげてくれないか。悪目立ちしてるからね」

「はい」

　静かな表情の天道に対し、精神的優位な感じだった沢城さんは今や困惑した様子を隠せてない。

　なんで謝罪しただけでこんなにも変わったんだろうか……。

「なぁ、一つ聞いておきたいんだがね。今のは何に関しての謝罪なんだい」

「あなたの大切だった人との関係を壊してしまったことについて、です」

「——なるほど」

天道の返事にしばし沈黙したあと、沢城さんは再度深々とため息をついた。

腕を組んで口元を隠しさっきよりも長く黙りこむ。

「シオリくんの妹御とのことで反省したとでも？　これだけ引っ張って今更頭一つ下げて許してもらえると思っているならおめでたいことだね」

「許してほしいとは言いません。今更なのも自己満足にすぎないのもわかっています。それでも今になっても謝りたいと思ったからこうしました」

言って天道はもう一度頭を下げる。

「本当に、ごめんなさい」

それを見る沢城さんがいよいよ渋面になった。

なんかこういう表情の猫、ネットで時々見かける気がする。

沢城さんには申し訳ないけど、正直ちょっとスッキリする気持ちはあるな……。

「——わかった。じゃあこうしよう、一日シオリくんを貸してくれたまえよ。それでお相子、チャラ。水に流すとしよう」

「……伊織くん？」

視線を向けてきた天道に頷く。

答えはもちろん決まっていた。

「え、普通にイヤですけど」

なんで当時全然関係なかった僕が取引材料にされなきゃいけないんですか（正論）。

そろって口をぽかんと開けた二人は、しばらくして対照的な笑みを浮かべた。

沢城さんは呆れかえるように、天道は口元を隠しながらも少しだけ楽しそうに。

「君なあ……」

「だってお相子ってなら誘われて僕が断った時点で成立でしょう」

当時にどちらが誘ってどちらが応えたのかは知らないけど、いずれであっても拒もうとすれば拒むことは両者ともにできたはずだ。

客観的に言えば浮気した方も誘った方も、不倫とかでないなら基本当事者間でのみ全ては完結する話だろう。

いや、首突っこんでおいて言うセリフじゃない気もしてきたけど。

「選択する権利は当時の松岡（まつおか）さんにもあったはずじゃないですか」

「ロジハラはやめたまえよ」

「無理やり一日付き合わせようとする方がハラスメントに該当するのでは……？」

まぁこちらとしては断固拒否、訴訟も辞さない構えである。

空気が変わった中で、少し表情を柔らかくした天道が口を開く。

「沢城さん。申し訳ないですけど、私もこの件で伊織くんになにかを強制する権利もなければ、お願いできる立場でもないので」

正論に正論を重ねられた沢城さんは、クソデカため息をついて苦虫をかみつぶしまくったような、なんとも味わい深い表情になった。

「――まったく、謝罪するのに出向くんじゃなくて相手を呼びつけるわ、そのくせ自分は妥協しないときた。やっぱり君が一番いい性格をしているよシオリくん」

「沢城さんには言われたくないんですけど……」

言ったあとでちらりと天道を見ると途端に「無」の表情になっていた。

ははぁん？　これ多分天道的にも沢城さんと同意見っぽいけど、僕も僕で天道にも言われたくない感はあるので、三すくみになっている可能性が存在するな……？

ふとかみやんにどう思うか尋ねてみたくなったけど全員に×を出されそうだった。

「――まぁ、わかった、わかったよ」

そうして沢城さんが微妙になった空気を振り払うようにオーバーアクションで腕を振る。

やけっぱちというか面倒くさいと思っているのを隠そうともしない表情だった。

「別に謝罪を受け入れも許しもしないがね、なにもかも今更の話であるのも事実だ。この件で私がこれ以上君たちに何か言うことはない、それでいいかい？」

「別にそういうつもりで頭を下げたわけじゃ……」

　天道の言葉を沢城さんは手を振ってさえぎる。

「謝って気持ちに区切りをつけたかったんだろ？　わかってるとも。でもね、これ以上引っ張られるのは私がスッキリしないんだよ――まぁ、してやられた気持ちはあるけどね」

「なんで僕をにらむんですか……」

「君が天道嬢を変に改心させたりするからだよ。頭すっからかんの勘違いした馬鹿女のままでいればいずれもっと痛い目にあっただろうに」

「言い草がひどい」

「ば、馬鹿女……」

「他になにか適切な形容があるなら言い換えてもいいけども？」

　さすがにここまでストレートな、しかも面と向かっての罵倒には天道も反応に困っていた。

　しかし彼女が変わったのは事実だろうけども改心、改心っていうのかなあ。

　ちょっと違うような気もしないでもない。

なら何と言えばいいのかと問われれば困るけども。

あと沢城さんが満足するかはともかく、天道も痛い目にはそれなりにあってると思うんだけどな……。

当人に聞くと主に僕からと言われそうなので黙っておくけども。

「まぁいいか。あの天道つかさに頭を下げさせただけで満足しておくよ。それとシオリくん、相談に乗る約束はこれで無効、もう二度と連絡してこないように」

「あ、はい。今日はありがとうございました」

「二度と連絡するなって言われたことを少しは気にしたらどうなんだ君は……！」

「理不尽すぎる」

「まったく」

だってつい一週間前まで完全に付き合いが途絶えていた、しかもこう諸々複雑な関係の相手にどう返せと。

全く残念でないといえば嘘に——多分嘘になるけど、なるんじゃないかな？

「あぁ、それと整理券、返してもらえるかい。鐘は私が突いてくる。君らは別にそんなに乗り気でもなかっただろう？」

「いいですけど。力入れ過ぎてお坊さんに怒られないでくださいね」

「か弱い女子には無用の心配だよ」

あんまりか弱そうでない動きでどすどすと立ち去ろうとした沢城さんは、十歩ほど離れたところで、くるりと踵を返して戻ってきた。

「沢城さん？　どうかしました？」

「――天道嬢、やっぱりもう一度頭を下げてもらっていいかな？　撮影して知り合いと共有しようと思うんだが」

「それはお断りします」

「ファック！」

悪態をついて沢城さんは犬でも追い払うみたいにしっしっと手を振る。

「ひどすぎる……」

「あぁ、そうだシオリくん。天道嬢と別れたら連絡してくれたまえよ」

「――何のためにですか？」

「そりゃあもちろんそら見たことかと訳知り顔でマウントを取るんだよ、決まってるだろ？」

「それを聞いて連絡する人間いないと思うんですけど」

「絶対だぞ」

「うーん、問答無用」

ふふ、話を聞いてくれません。

やっぱりこの人もいい性格っぷりじゃ絶対負けてないと思うんだよな。

§

鐘突きの行列の沢城さんから向けられる「まだ残ってるのか」と言わんばかりの視線に耐えかねて――というわけでもないけども一番大事な用事は片付いたので僕たちは帰路につくことにした。

ゴォン、ゴォンと冷たい冬の空気を鐘の音が揺らしている。

日付が変わる前に家にたどり着くのは無理だし、なんとも中途半端なことになってしまった。

一応二年参りって口実で家を出てきたのもあるしなあ。

「どうしようか、どっか他のお寺でお参りとかしていく？　調べてみるけど」

「ううん、遅くなってもお義母さまたちが心配するでしょうし、このまままっすぐ帰りましょ」

「ん、わかった」

天道の言うことももっともだった。

例によって腕を組んできた彼女と歩調を合わせて鐘の音が響く田舎道を行く。

道の暗さは変わらず、寒さは更に増していたけれど気持ちの問題だろうか、行きよりも天道の足取りは軽いように見えた。

「ねえ伊織くん」

「なに？」

「ありがとう」

「どういたしまして？」

礼を言われる理由はさすがにわかるけれども、なにについてかは明確でないのでちょっと返事が曖昧になると「どうして疑問形？」と天道が笑う。

「――私、伊織くんのことを好きになってよかったわ」

「それは、うん。こちらこそ、ありがとう」

天道と付き合えて色々と波乱万丈だったけれども、良かったか悪かったかでいえば、胸を張って良かったと言える。

それは、彼女の言葉に対して迷わずにこうして答えられることもそうだった。

「――あ」

少しずつ鐘の音が遠ざかっていく中、スマホのアラームが新年を告げる。

「あけましておめでとう」

「あけましておめでとう――今年もよろしくお願いします」

くい、と天道が僕の肩を引く。

それに応じて下げた顔に微笑む彼女のそれが近づいてきて、唇が重なる。

ざあっとまばゆいヘッドライトが僕たちの姿を照らして去っていった。

第七話　初の体験X－2

沢城さんへの謝罪風決着も無事片付いて、年も変わった一月二日。

僕と天道は彼女の実家を訪れていた。

年始の挨拶もあるけれど、主な目的は三社参りの準備のためだった。

夏に直談判に乗りこんだ時とは別の和室で、例によって高そうなお茶とお菓子をいただきながら天道を待つ。

ときおり、遠くから誰かが笑っているような声が欄間から聞こえてくる。

いかなお金持ちの天道家とはいえ和風建築としての縛りからは逃れられないということだろうか。

これが実家だったらもっと直で響いてくるだろうなという違いはあれど、ちょっと親近感を覚えるな……。

「伊織くん、入るわね？」

「あ、うん」

障子越しの天道の声に答える。

すっと戸が滑る音のあと、華やかな色彩が目に飛びこんできた。

「おぉ……」

感嘆の呻きが自然と口から漏れ出ていく。

「――どう？」

着物姿の天道つかさが例によって例のごとく渾身のドヤ顔で微笑む。

いかにもお正月らしい赤の振袖には鮮やかな花の絵が描かれ、こちらも紅白大小の花が咲く金の帯、首元には成人式とかで定番の白いほわほわも完備している。

もちろん髪もこう複雑な感じでアップにした姿はこの上なく決まっていて、廊下に差し込む弱い冬の陽を受けて輝くようだった。

「あ、うん、いいね。似合ってるし、なんかこうすごく……すごい良いと思う」

あと高そう（小市民並みの感想）。

「もう」

例によって語彙（ごい）の貧困な僕の誉め言葉に天道が苦笑を浮かべた。

ついでに脇に控えていたお手伝いさんにもなんとなく微笑ましいものを見るような目をされた気がする。

これは恥ずかしい……！

「お嬢様、お車は本当によろしいので？」

「お正月で道は混んでるでしょうし、お櫛田さんまでなら歩いた方が早いですから。そのあとはバスもあるし――伊織くんも平気よね？」

「あ、うん。大丈夫です」

「かしこまりました。お迎えが必要でしたらご連絡ください」

「ええ、その時はおねがいします」

うーん、なんともお金持ちな感じのやりとり。

あとこう母の相手もそうだったけど、年上を相手にしてるときの天道ってお嬢様っぽさが強調されて割と新鮮だ。

「伊織くん？　見とれるのは構わないけど、追加で褒めてくれてもいいのよ」

「あ、いや。やっぱりつかささんってお嬢様なんだなあって思ってただけで。あ、でも着物はすごく、すごい似合ってると思います」

「伊織くんのお嬢様観はよくわからないんだけど――それよりも、私キレイ？」

都市伝説かな？

「え、うん。綺麗だと思うけど……」

「私キレイ？」

重ねてくるじゃん……。

選択肢の意味がないとか昔のゲームかな？

「綺麗だよ」

「よろしい」

なにこのやりとり。

まぁ多分ちゃんと聞きたかったんだろうけど、お手伝いさんがいる時は自重してくれたのと最終的には天道も満足そうなのでヨシ！

「それじゃあ行きましょうか」

「あ、でもご両親にご挨拶とか、大丈夫かな」

一応、最初に挨拶はしているんだけども、すぐに「着替えるから」と天道に引っ張られるままに簡単なもので切り上げになっていた。

「なぁに？　なにか話したいことでもあった？」

「いや、そういうわけじゃないけど……」

むしろ緊張するので、あれで済むならそれはそれでありがたいけども。

「ならいいじゃない」

「あっさりだなあ」

そうかな、そうかも……？

まぁ僕らのたどってきた経緯や志野(しの)家と天道家の関係、そして今の僕と天道を考えると正直結構ややこしくはあった。

どの程度かしこまるべきなのか、どうも特に天道のお母さんからすると婚約絡みのゴタゴタでむしろ僕に対して引け目を感じてそうな節もあるし、あまり恐縮されてもそれはそれで困ってしまう。

「それに今年はおばあさまがいないから、父もなにかと忙しいでしょうし」

「あぁ、なるほど……」

そしてその原因が祖父が天道のおばあさんと旅行にいってることにあるなら、流れを作った張本人である僕が更に天道家の予定を増やすのはよろしくないな！（欺瞞(ぎまん)）

ちょうどいい自己弁護の材料もできたので、今日のところはさっきの挨拶で良しとしておこう。

「じゃあお邪魔しても悪いし、行こうか」

「ええ」

まだ家の中だけど当然のように天道は僕の腕を取った。

廊下の幅一杯になる上に、振袖を着ていることもあって歩幅は小さくなるのでペースはゆったりだ。

とはいえここで前後に並ぶのもなんか変だしな……。

通行人はともかく彼女のご家族に見られるのはまた別腹なので、なんとか誰にも見られないまま出発を——という願いは見送りに来た天道のお母さんに打ち砕かれた。

§

「うーんなかなかの混み具合……」

「やっぱり二日になったくらいじゃまだまだ盛況ね」

境内にあふれる人の活気に、気圧(けお)されて思わずうなった僕に天道が同意を示す。

手始めに天道家最寄りの櫛田神社で参拝したあと、少しの間バスに揺られてやってきたのは同じ博多(はかた)区にある住吉(すみよし)神社だ。

参拝の列は一人だったら間違いなく帰ってるくらいの長さで、博多駅が近いせいか初売り帰りらしき大きな紙袋を持った人も多い。

福岡(ふくおか)の三社参りの定番は太宰府天満宮(だざいふてんまんぐう)、宮地嶽(みやじだけ)神社、筥崎宮(はこざきぐう)らしいけど、東区の筥崎宮以外は市外になるしそもそも地域によっては神社を三つ回ればヨシという説もあるそうだ。

なので特にこだわりがあるわけでもない僕たちは、天道家近くの――つまりは市内中心部の三社を回ることにした。

最後の三つめは中央区の警固神社の予定だけど、敷地の広い住吉神社でもこの人だかりだと、規模も小さい上に市内中心部の天神のまさにど真ん中だからすごいことになってそうだな……。

天道が着物なのを考慮して移動距離が短くて済むように、と思ったけど他の要素を考慮するとあまりいい選択じゃなかったかもしれない。

「ね、伊織くん、おみくじはここで引いていきましょうか」

天道も同じようなことを考えたのかそんな提案が来る。

「あー、そうだね。そうしようか」

参拝列は長いけど、どこもかしこもぎゅうぎゅうってわけじゃないし、初詣っぽい諸々はここでしておくのが良さそうだ。

「ところで、つかささんっておみくじで大吉以外引いたことある？」

「え、そうね……昔一度末吉を引いたことはあったと思うけど、それ以外は大体大吉だった気がするわ。でもなんで？」

「いや、なんか毎回大吉引いてそうな印象があるから」

「なぁにそれ」

くすくすと天道が笑った。

でも人生で末吉一回しかはずした記憶がないって、いかにも彼女らしいというか予想通りなんだよなあ。

詳細に「連戦連勝」とか書いてありそう。強い(確信)。

「そういう伊織くんはどうなの?」

「うーん、結構まばらだけど、まぁ大吉が一番多い、んじゃないかな……」

実際体感だと大吉じゃない方が少ない気はするし。

凶とか引いた日には多分逆にテンションあがると思う。

「——あぁ、でも去年は大吉だったよ。美鶴(みつる)の受験で家族みんなで太宰府まで行ったから覚えてる」

「そう。ならきっと恋愛のところも良いことが書かれてたんでしょうね」

「自分でそれを言うんだ……」

逆に去年の僕の苦労を考えると、大吉だったのはおかしいのでは?

いや、過程の諸々は別にすれば天道と今付き合ってること自体に不満はないんだけど……全体で七難八苦ありとか書いてたっけな。

「あら、じゃあ私は伊織くん的には大吉じゃないの？」

「多分大吉だけど苦労することが多めに書かれてたんじゃないかな」

　割とあの要素って謎だよな、全体まとめるとこれで大吉？　ってなったりするし、など
と考えていると天道が急にくすくすと笑いだした。

「どうしたの？」

　そんなに僕、情けない顔してたんだろうか。

「――ごめんなさい。話してるうちに去年のおみくじに書かれていたこと思い出しちゃっ
て」

「ふうん？」

　なんだろう。

　そこまで思い出し笑いするようなことが書いてあったんだろうか。「やめておけ」とか
あったっけな……。

　首をひねる僕に、あのね、と前置きして天道が耳元に口を寄せる。

「恋愛、『思い通りにならぬ』だったの」

「それは――」

解釈に迷うやつだな⁇

まぁ確かに暗示的ではあったかもしれないけども、そもそも最終的には結構天道の望む方向に転がってる気がするんだけどな……！

「実際、ならなかったの？」

「ええ。だって私が思ってた以上だったもの」

ぐう。

本当こういうところはずっとかないそうにないな。

「それは、大吉だったかもしれないね」

「ええ」

当たり前じゃないと言わんばかりに天道は微笑む。

「だから今年はきっと『この人を逃すな』あたりね」

「もしかしておみくじに書かれてる内容、全部覚えてるの？」

「全部じゃないわ、知ってるものだけよ」

「どっかで聞いたようなセリフだなあ……」

そんな話をしている間に、列の先頭はかなり近づいてきていた。

――なおそのあとに引いた僕のおみくじには「思い通りにならぬ」の一文が書かれていた。

知ってた。

§

そうして無事に三社参りをすませたあと「少し休憩しましょうか」の天道の言に従った結果、僕らはラブホテルの一室にいた。

なぜ、どうして……？

深読みする理由もない自然なタイミングと時間だったはずなのに……！

「伊織くん、妙な顔をしてるけどどうしたの」

「いや、そのなんで僕らはここにいるのかなって」

「――え、今更？」

「ぐう」

そう言われてしまうと、確かに思いとどまるにも問いただすにもタイミングはいくらでもあったので何も言えないんだけども。

クローゼットにコートを収めながら、白いふわふわをハンガーにかける天道を横目で眺める。

まるで心を読んだみたいな速度でこちらの視線に気づいた彼女は、いたずらっぽい表情で微笑む。

「ほら、振袖を脱がせるチャンスじゃない。男の子ってそういうの好きでしょ」

「確かにちょっとわかるけど……でもそれって、また着るのは大変なやつじゃないの？」

着替えのためにこのあと一度天道家によるのは確定してるし、そこから泊まっていく流れになることだって十分考えられる。

なのにそこへ着崩れた姿で帰るとか気まずいってレベルじゃなかった。

こいつらセックスしたんだ！　って彼女のご家族の方に思われるとか何の拷問だろう。

「大丈夫よ、私自分で着付けできるから。髪もまぁ結えると思うし」

そんな僕の懸念を天道が一言で切って捨てる。

やっぱりお嬢様ってすごい。

返しからしても、想定していた感じがあるし明らかに計画的犯行だった。

「もしかしてつかささん、今日は最初からこのつもりだった？」

「ええ、もちろん」

やっぱり除夜の鐘を突いて煩悩を多少払った方が良かった可能性が……？

こうなると天道が神社で一体何をお願いしてたのか気になるような聞くのが怖いようなだなあ。

「だって、クリスマスからもう一週間以上たってるのよ？　その間ずーっとお預けだったんだから」

「それはまぁ、うん」

「伊織くんだってご実家じゃ嫌でしょ？」

ぐいぐいと天道に腕を引かれてベッドへ向かい、二人並んで腰を下ろした。

シーツに置いた手に、天道の手が重ねられる。

滑らかな彼女の指が手の甲を撫で、指の間に滑りこんでくる。そのくすぐったさに少し背筋が震えた。

「嫌って言うか、ちょっと無理かな」

直接の目撃は論外だし、そうじゃなくても妹に行為を察せられようものならせっかくの雪解けの気配がまた氷河期に逆戻りしかねない。

そしてうっかりバレそうな要素は無限大にあるのだ。壁も薄いし。

両親と妹の留守を見計らうってのも、なんかこう悪いことするわけでもないのに違う話だしな……。

「なら機会はつくらないと」

「確かに……」

この上なく正論だった。

さすがに正月が終わるまで待つというのはちょっと僕としても長く感じられそうだし。

「それにほら、姫始めは一月二日にするものでしょ」

「え、そんな決まりあるんだ？」

今まで自身に馴染みはなくても、その俗語の意味はもちろん知っていた。

正月あたりはＳＮＳでそういうタグ付いたイラストが流れてきたりもするし。

「ええ、古い方の意味で一年の色々なことをはじめる日としてだけど」

「へえ」

――素朴な疑問なんだけど天道はどこでこういうの覚えるんだろうな。

分類的には民俗学になるのか、それとももしかして教養の部類に……？

「伊織くん」

「ん」

散漫になっていた僕の意識を、天道が腕を引いて引き戻す。

至近の距離で見つめる例によって偏差値激高の顔は、普段とは少し違った濃いめのメイクで匂いも一層甘い気がした。

「ね――」

ただの一音に、こんなにも意味をこめられるものかと思えた。

不確かで曖昧(あいまい)なそれに、いつの間にか慣れてしまったコミュニケーション。

暖房の効いた部屋で、それでも隣の彼女の熱をはっきりと感じた。

薄く開いた桃色の唇にふらふらと引き寄せられるように顔を寄せてキスをする。

空気が乾燥する冬でも変わらない、瑞々しくて柔らかな弾力が迎えた。

「ん……」

二度、三度とその感触を確かめるように、口を開け閉めする動きを繰り返しながら押しつけられる唇に同じ動きで応える。

四度目でぬるりと舌が入り込んできた。

「んんっ……」

重なった手に少し力がこめられる。

そのわずかな身じろぎ、漏れる声、天道の匂い、柔らかな体の熱。

何度キスを繰り返しても、女の子が持つ魅力はその度に新鮮な驚きをともなって脳に焼き付けられる。

かっと体が熱くなっていくのを、そうさせている体をめぐる血が一部に集まっていくのを感じた。

すぐにそれは痛いくらいのものへと変わっていく。

体をひねって上半身を向き合わせ、細いその肩を押さえて一層強く唇をむさぼった。

天道がその白い喉をさらすように顔をわずかに上向かせたのがわかった。

「ん……んんっ……——」

いつも巧みに、奔放にリードをしてくれる彼女の舌が焦らすように動きを緩やかに——

いや、僕に応える形へその質を変えたのだった。

長い長いキスのあとで、ほうと漏れた熱い息は果たしてどちらのものだったのか。

額を突きあわせて、しばし余韻にひたる。

顔にかかる息が少しくすぐったかった。

「——その気になってくれた？」

「いや、もう十分そのつもりだったけど」

むしろちょっとこう抑えが利かなくなりそうでぐだぐだしていたというか。

「ね、伊織くん、ぎゅってして」

「あ、うん」

肩に身を預けてきた天道を受け止めて、脇の下から両腕を背に回す。

着物の感触と厚みに、ひいてはそれが意味する値段にちょっと頭が冷えるのを感じながら、こわごわと彼女を抱き寄せた。

「ん――」

鼻を鳴らし、首筋をこすり合わせるような動きでもっと、もっとと求められるままに体を密着させる。

上体がしなやかに反って、少しのけぞるような姿勢で彼女は抱擁を受け止めた。

互いの腕がおさまりの良い位置を求めて背を上下したあとに、ぴたりとパズルのピースがはまったように体が重なりあう。

ああ――

その熱に、柔らかさに、胸の中の存在感に安堵にも似た思いを覚えた。

ずっと知らなかった、彼女が教えてくれた感覚。

はじめてそれを知った時のように満たされてから、自身が触れあいを求めていたことを自覚する――そしてそれが埋まったときの幸福感もまた。

「つかささん、苦しくない？」

「ん、大丈夫」

触れあった胸の震えで、発せられる前の言葉を察するような感覚。

どくんどくんと心臓が鼓動を打つたびに天道の柔らかさを強く強く意識した。

欲望なのか、それとも恋慕なのか答えを出しあぐねる思いのままに口を開く。

「つかささん、その、まだシャワー浴びてないけどさ」

「ん、しましょ。私ももう、我慢できないから……」

かすれた、我ながら情けないと感じるような声での懇願を、天道つかさはむしろ歓迎するように笑った。

首筋にたわむれるように唇を押しつけながら、彼女の手が僕の手を帯へと導く。

「伊織くんが脱がせてくれる?」

「教えてもらえれば、なんとか」

「なんだか、それってえっちじゃない?」

「そりゃあそういうことしようとしてるからね……これ?」

「そう、そこから引っ張って抜いて」

普段ならそこに高級さを感じて腰が引けそうな帯の重みも、今はむしろ気を急かせる邪魔ものでしかなかった。

もっと直にもっと確かに彼女の熱と柔らかさを求めている。

「ね、早く……」

「ん……」

キスをせがみながら、もどかしげに天道が身をよじる。

切実にどちらかに集中させてほしいと思いながら、なんとか帯を解き終える。

あわせに手をかけたところにはたまらず彼女を押し倒していた。

「今日の伊織くん、ちょっと強引ね」

「——あ、ごめん。どこかひっかけた？」

「ううん、大丈夫。ちょっと期待もしていたし。それにね、どちらかというと嬉しいの」

襦袢（じゅばん）のあわせへと手を導きながら、天道が微笑む。

ごくり、と喉が鳴る。

白い肌がちらりとのぞく、もうそこから目が離せなかった。

§

「ん……」

もぞもぞと天道が身をくねらせる度に衣擦れの音が部屋に響く。

振袖を下敷きにした、下着姿の彼女の手が僕の体を撫でる。

「伊織くん」

「うん……」

薄く開いた唇に誘われるままに、またキスを重ねた。

「んっ……ふ、ぅん……ッ」

風邪でもひいたんじゃないかって心配になるような彼女の体温を感じながら、シーツの上に肘をつく。

かちゃかちゃとベルトの金具が音を立て、ふっと腰回りに解放感を覚える。

例によって例のごとく、僕が天道の領域に達することはないだろうな、と思えるような匠の脱衣技だった。

それでいて唇の動きにも一切の手抜きは感じられない。

背をくねらせる天道の動きで、少しずつ下へ下へと追いやられていた間違いなく高価な振袖がベッドの下へと落ちた。

そんな扱いしていいのかな、とわずかに浮かんだ小市民な考えはすぐに天道の感触で脇に追いやられる。

「んん……」

触覚と味覚の両方で堪能するように、柔らかな唇と舌が僕のそれと押しあい絡みあい、かと思えば引きこもうと逃げていく。

そうしてキスに集中させられている間に、そっとトランクスの中に滑りこんできた手がペニスに触れた。

予期せぬ刺激に、思わず腰を引く。

「――っ」

それを追いかけるように掌が敏感な先端部を包み込み、指の先がつうっと裏筋を撫でて行き来した。

ぞくぞくという震えが、会陰から背の方へとぬけ、そのまま体を半周して背筋まで駆け上がってくる。

「つ、つかささ、ん……」

「私も、さわって、ね――」

こらえきれず漏れた情けない声に、少し満足そうに目を細めて天道がねだる。

大丈夫だろうか、ちょっと触ったら三倍くらい気持ちよくされたりしない？

上に覆いかぶさっていた格好から、彼女の左側へ横たわるようにベッドに体をおろす。

互いに半身になって向かいあう形になった。

その間も天道のゆっくりだけども的確な愛撫は続けられてるし、体勢が安定したことでなんならキスには遠慮がなくなっている。

「ん……っ」

「――わ」

そうして天道自身の身じろぎで半ば脱げかけているショーツ越しに秘所に触れると、その熱さと湿度に思わず声が漏れた。

ショーツの中心を、その緩やかな盛り上がりに沿うように軽く押しつけながら指でなぞる。

「っ、ぁ」

お尻の方まで指を動かそうとしたところで、きゅっと太ももに挟み込まれた。

はあ、と天道が漏らした熱い息が肩をくすぐる。

「んんっ……」

それまでペニスを撫でるだけだった彼女の五指が、きゅっと緩く握りこむ形になって竿をこする動きへと変化した。

あわせて僕の指で自慰でもするように太ももに力が入って腰を揺らしはじめる。

「あっ」

望まれているようにぐいと指を押しつけた。

滑らかなショーツの下には、とんでもなく柔らかで湿った肉の感触があった。

「ひ、あ、ぁ――……」

ずぶずぶとどこまでも飲みこんでいきそうな割れ目の浅いところに指を押しつけながら、縦横に刺激する。

そうして下から上へ抜け切るとき、ふと思いついてそのまま陰核に軽く指を引っかけて弾いてみた。

「ぁっ」

天道の肩が大きく震えペニスをこすっていた手にきゅっと力が入った。

痛かったかと聞こうとして、少し潤んだ彼女の目が続きを雄弁に望む。

「んっ……ぁっ……くぅ、んっ――」

二度、三度と同じ愛撫を繰り返すうち、天道は僕の鎖骨のあたりに額を押しつけるようにして顔を隠した。

乱れた髪の間からのぞいた耳が赤い。

「ぐぅっ」

ついでに、ぐちぐちとこぼれた先走りで音が上がるほどにペニスの先を掌でこねくり回し、両手を使って刺激をくわえてきた。

要望に応えただけなのに、やっぱり三倍返しされてる気がする……！

理不尽を覚えながら、脇からこちらもショーツの内へと指を潜り込ませた。

「ん――」

きゅっと内ももに更に力が入り、まだ軽く押し当てただけの指にまるで吸いつくようにぐちゅぐちゅに蕩けたそこが絡みついてくる。

刺激に背を反らした天道の体がわずかに離れた。

そうして少し乱暴な手つきで、それまで弄んでいた僕のペニスをぐいとレバーを押し下げるように、僕の手をどかして自らの秘所に導く。

「――伊織くん」

「うん」

天道は僕の腰へ絡めるように片脚を乗せるとぐいと力をこめて引き寄せる。

空いた手を彼女の腰へと当てて支えにし、求められるままに腰を近づけた。

「は、ぁぁ――」

少しの位置調整のあと、おさまるべき位置をとらえた亀頭が、天道の膣内へとゆっくりと入りこんでいく。

　飲みこまれているような、分け入っていくような、かすかな反発と抵抗を感じる十センチといくらかの道程。

　それだけの動きは、けれどまるで時間が引き延ばされているようにさえ思える濃密な情報を脳天まで突きぬけさせる。

「ふ、ぅ……」

「んんん——」

　つい一週間ほど前に許されたばかりの、なににも隔たれない挿入。

　たった0．01ミリ程度の薄い膜一つがないだけで、まるで別物みたいな強烈な結合の快楽は、はじめて天道を知ったときに勝るとも劣らない刺激だった。

「はぁぁ——……」

　そのときと違うのは、彼女自身も僕と同じように快感に全身を震わせていることだろうか。

　それでも絡めた脚に手まで添えてもっと奥まで、というようにぐいぐい腰を押しつけてくる余裕はあるみたいだけど。

　こっちは暴発しないように気を張らないといけないのにな……！

「生（ナマ）って、ほんとうにすごいね……」

「ね、授かり婚が起きちゃうの、わかっちゃう」

欲望だだ洩れの僕の感想に、天道もエッッッッな言葉で頷く。

馴染むのを待つように深くゆっくりと呼吸を繰り返している彼女の動き、それさえも今は快感の種だった。

わかっちゃいけないけど、本当はダメな気がするけど、これから避妊具ありでしたいかと言われると返事には悩んでしまう。

セックスでは自身の快感だけではなく、相手の反応による充足感みたいなのも心身ともに大事な要素なんだって、なんとなく実感してきた。

だからこそ、これだけ気持ちよくて、相手も気持ちよくなれることはそれだけで肯定してしまいたくなる。

それでもたらされる結果のことを考えれば、無責任なのはちょっとと思うけども、じゃあこの瞬間にやめられるかって言われれば自信はまったくなかった。

まぁ天道はちゃんと経口避妊薬（ピル）を飲んでさせてくれてるから、避妊という点で、今深刻に考えることはないんだけど。

「ね、伊織くん、そろそろ動いて……？」

「うん、ええとじゃあ体勢を――どうしよっか」

現状はいわゆる対面側位で、動きにくいし深くは入れづらいし抜けやすいしで難易度が高い。

天道がフォローしてくれればまぁなんとでもなりそうだけど……。

「ん、じゃあ――」

言うや否や天道はくるりと身をひるがえして、つながったままで僕の上へと体勢を入れ替える。

知ってた、って言いたくなるくらいにおなじみの騎乗位だった。

僕は言うに及ばず、天道も気持ちよさそうだし視覚的にも至れり尽くせりとWin－Win？な体位でもある。

「痛かったら言ってね？」

「え、うん……っ!?」

「んっ……」

結合部を見せつけるように膝を立てた天道がいたずらっぽい笑みを浮かべて、少しずつ体をよじり、脚を持ち上げて僕の胴をまたぐとつながったまま背面騎乗位へと移行する。

「わ」

僕の腰の上でわずかに潰れて形をゆがませた丸いお尻と、悩ましい線を描く背中に目を奪われる。

「ん、ふふ――」

その美しい背をわずかに後ろに反らして、横目でこちらを振り返った天道が髪をかき上げて零す。

洋画のシーンみたいな仕草が、完璧にハマっていた。

「どう？」

「優勝かな……」

「なにに？」

「世界自慢したいけど誰にも見せたくない彼女の仕草選手権？」

「なぁにそれ」

もう完全に自分でも何を言っているのかわからない妄言を垂れ流す僕に、天道は呆れたように言いながら会心の勝利を得たような笑みを浮かべた。

そうして腰を下ろし深く挿入した体勢で前後にゆっくりと腰を動かしはじめる。

「ぐ……」

「ふぅ、ん――」

普段の向き合っての挿入とは違う刺激に、思わず呻きが漏れる。

それほど強烈ではないけれど、視覚の暴力とあとお尻の柔らかさが未知の興奮を呼び起こす。

天道のそこは肉付きが特別いいって感じでもないのに、どうして女の子の体はこんなにも柔らかいんだろうか。

あと動いてって言われたけど結局天道が動いてるのもいいんだろうか。

「――伊織くん、手、添えてくれる?」

「あ、うん」

言われるままに白い背に手を伸ばす。骨盤の形さえ想像できそうな美しい腰骨に手を添える。

ここに、その奥に今僕のペニスがおさまっているのだと考えるとわけのわからない興奮を覚えた。

それだけに前後するだけの彼女の動きが、少しだけもどかしい。

天道が望めば、こっちの泣きが入るくらい簡単に気持ちよくされることを知るだけになおさらだった。

「く……っ」

「んっ……ぁぁ……」

そんな思いが手に力をこめさせて、もっと早く、もっと大きくとせがむように天道の前後動に干渉する。

「ねえ、伊織くん」

その意思をくみ取ったのか、あるいは最初からそういう誘いだったのか。

しばらくマイペースな前後動に終始していた天道が振り返って、笑う。

「──物足りないなら、キミの好きなように私を使ってね？」

言葉とともに後ろ手に伸びて来た天道の指が脇腹をくすぐる。

「──────！」

「きゃっ」

気づけばぐっと彼女の背を前へ押し倒すようにして、僕は後背位の体勢へと移っていた。

§

「あっ、あっ、ぁっ」

部屋に響く声は少し切迫感をともなうもので、他ならぬ自分の行為によってそれがなされることに、罪悪感と達成感が入り混じったような気持ちを覚える。

悩ましい線を描く天道の背が揺れるたびに、明るい茶色の髪が流れる水のようにそこを零れ落ちていく。

「ふっ……くっ……」

張りのある柔らかな丸いお尻が僕の腰にあたってたわみ、反発して弾けるように揺れた。

触れ合う互いの腿はじっとりと汗ばんで、吸いつくようにはりついている。

動きを安定させるために腰に添えた手には、肌と薄い肉の下の骨を意識するくらい力がこもっている。

「ぁっ、ぁっ、ぁっ、んっ、はげ、し……ッ」

体を前後に揺らされながら天道が蕩けた声を漏らした。

さきの彼女の言葉の通り自分の快楽のためだけの僕の動きを、上体をベッドにつけた天道は、腰をしっかりと上げることで受け止めている。

それだけではなく、巧みに位置を動かしながらしっかりと自分も感じていることをその声で、内側の動きで、桜色に色づいたその白い肌で伝えてきた。

「つかささん……っ」

「んっ、んっ、ぁっ、なぁ、にっ？」

僕が欲望に呑まれても、きっと天道つかさは独りよがりにはさせてくれない。

今そうしているように当たり前のように、受け止め飲み干して同じように快さを共有してみせるんだろう。

「そ、その、え、えっちすぎない……？」

気づけば自分でもよくわからない問いかけを零していた。

まぁ割といつもの気がするけど。

「んっ、んんっ、ぁ――」

肩越しに天道が振り返る。汗ばみ頬を紅潮させて彼女は微笑んだ。

「――えっちな恋人は、ダメ？」

きゅうと一層強い締め付けのあと、僕の動きにあわせて腰がくねりはじめる。

「く、ぅっ……！」

「んっ、ぁっ、ぁぁっ、これ、私も、気持ちいい……！」

陶然とした声で言って、わずかに挑発するような視線をこちらへ向けたまま、髪をかき上げる。

「ダメじゃない、けど……！」

耳まで真っ赤な顔はきっとお互いに同じで、もっともっとと先を望んでいるのも、きっとそうだった。

「あっ」

ぐいと天道の左手首を掴んで押さえつける。

身の自由を奪うためのそれに喜色の混じった声を上げられて、彼女をめちゃくちゃにしたい欲望が更にふくれあがった。

「んっ、んっ、ぁっ！」

腰に当てた手でぐいとお尻を引き寄せつつ背を反らさせる。

挿入しながら身を更に折りたたませて、ただ自分が気持ちよく腰を振れるための姿勢を強いた。

「ぐっ、くっ……」

「あっ、あぁっ！　ぁっ、あ――」

つながっているところから垂れてきた互いの体液がぶつかり合って卑わいな音をたてる。

気を抜けばすぐ射精してしまいそうな快感に歯を食いしばって腰を振った。

「あっ！　あっ！　ぁ――！」

高い声で鳴く天道は腰をくねらせることをやめて、僕が動きやすいようにただお尻を高くあげてその無体に耐えている。

世界で一番大事なはずの女の子をただただ自分のためにもの扱いするような、欲望を剥き出しにしたセックス。

まず間違いなく夏以前の僕であれば嫌悪し、忌避していただろう行為。

それに溺れる今、胸に湧きあがってくるのはセックスにも負けない歓喜だった。

「あっ、ぁっ、伊織くんっ、いおりくん……っ！」

だって天道も喜んでくれているのだ。

そうしてこんな、理性も何もない姿を認め、受け入れてくれている。

意味のある言葉をともなわなくても、僕らはたしかに互いを求め、体を通して今も何かを伝えあっている。

きっとそれは相手へ言葉にすること、相手の言葉を理解すること、そういうのと同じくらい大事なことだと思う――いや、そう信じたいのだ。

「っ、つかささん、も、でる――」

「うんっ、私も、ぁっ、ぁっ！」

ぎゅっと天道が体を強張らせる。そこに思いっきり強く腰を打ち付けて奥の奥まで深くつながる。

「――ぅっ……！」

「ぁっ！　あぁ……ッ！」

どくどくと脈打つ心臓の鼓動を感じるような興奮の中、何にさえぎられるもののない射精で天道の中を満たし、犯していく。

わずかに背を丸めた天道が、ペニスが脈打つたびにそれにあわせたように身を震わせた。

「はーっ、はっ」

「んんっ、んん………」

爆発的な射精の快感が、終わりを彼女もまた惜しんでいるような膣内の締め付けで引き延ばされて、目が眩む。

最後の一滴までをねだるようにもじもじとお尻を押しつけ、揺らす天道の背に崩れるように覆いかぶさった。

「あっ……」

つながったままの体をどちらのものとも知れない快楽の余韻が震わせ、それがまた残響のように相手の体へ伝わって身を震えさせる。

彼女を押しつぶしてしまわないよう気をつけながら、僕はずしんとのしかかってきた倦怠感に身をまかせ、そっと体の力を抜いた。

り返していた。

§

そうしてようやく息が整うと、なにやら上機嫌の天道は僕の首筋に顔を寄せてキスを繰

「ん――ん、ん……」

「――あの、つかささん？　なにしてるの？　……っ」

肌に押しつけられた唇に強く吸い上げられて、むずがゆいような感覚を覚える。

首筋と鎖骨のあたりに都合三つ目のキスマークをつけた天道が、にんまりといたずらっぽい笑みを浮かべる。

「伊織くんがえっちの時に自分のだってしてくれたじゃない？」

「うん、まぁそんな感じになったのは認める」

「だから次は私の番」

「どういうことなの……」

「キミは私のだって痕をつけてるの」

「ええ……」

いや、別にそこの大前提を否定はしないけども。

そんな主張する必要あるんだろうか。

「大丈夫よ、冬だし。まさか美鶴ちゃんと一緒にお風呂入ったりしないでしょ？」

「当たり前じゃん……」

なんてことというのさ。

あと事後に家族の話題はちょっとやめていただきたかった。

童貞は失って久しいけども、なんでもかんでも平気になったってわけじゃないんだから。

それと個人的にキスマークは高校時代に虫刺されと誤認して童貞晒したトラウマが、うっ……（謎の頭痛）。

「大丈夫よ、数日で消えるから」

「これそんなに残るの!?」

やめてよね、しばらく風呂上りに気をつけないといけないやつじゃん（絶望）。

「なら伊織くんもつけてみる？」

「なにが『なら』なのさ……」

「ほら、このあたりとかオススメよ？」

そう言って天道が指さしたのは胸の黒子(ほくろ)だった。

そこを吸うのはちょっといかがわしすぎない??

最中ならまぁ普通にするけども。

「――いや、遠慮しとく」

「そう?」

痕を残したいって独占欲も、まぁわからないでもなくなったけど、せっかくの綺麗な肌にっていうのはもったいない気もするし。

「気が変わったらいつでも言ってね。私は隠れないところでも構わないから」

「せめて実家にいる間は構って欲しいかな……」

「あぁ、そうね。なら休みが明けたら?」

そこでわざわざつけて講義に出るのはもうそういうプレイなんだよなあ。

いやそれをご所望という可能性が……?

そんなことを考えていると、ベッドサイドでスマホのアラームが鳴った。

「ん、そろそろ支度しないと。やっぱり二時間は短いわね」

「いつの間にセットしたの?」

「シャワーと着付けもあるから、入ったときにね」

用意が良すぎる。

ここら辺の気配りが僕にできる日はくるんだろうか……。

「伊織くんもシャワー浴びるわよね？　ホテルを出たらもう家に寄って着替えようと思うんだけど、いい？」

「――あ、それなんだけど。つかささんが着替えに戻ってる間にちょっと買い物いってきてもいいかな」

「いいけど、私と一緒じゃなくて別行動したいの？」

む、と天道が眉根を寄せる。

ちょっと唐突だっただろうか。とはいえ、このタイミングじゃないとまたわざわざ中心部まで出てこなくちゃいけなくなるしなあ。

「うん、もう買うもの決まってるし。あとその、着物の汚れとか指摘されるとその場にいると気まずいというか――」

「後者が本音かしら？」

「そんなことないよ、本当だよ」

「――まぁいいわ。男の子にも知られたくない買い物くらいあるでしょうし」

うーん、これは探りを入れるために言っているのか、本当に誤解されているのか。

でもここで突っこんで切り返されると困るしな……。

「ゴリカイイタダケテサイワイデス」

「もしえっちなものだったら、本でもなんでもそれより凄いことするから」

「そんな脅し方ってある⁉」

「とりあえずそういうことならシャワーは一緒、いいでしょ？」

「アッハイ」

有無を言わさない圧力に頷く。

そうして一緒に入ったシャワーでは予告なしにすごいことされた。

すごくすごかった（語彙）。

第七・五話　素敵な恋人でいるための一つの方法

「かゆいところはございませんか？」

「大丈夫です……」

定番のやりとりに応える伊織(いおり)の返事は少し元気がなかった。

――少しサービスしすぎたかしら。

浴室に用意されていたマットも使った先ほどまでの運動を振り返る。

知識と技術を総動員したおもてなしはなんだかんだで喜んでくれていたはずだけど、と思いながらシャンプーで泡立った彼の髪に指を入れる。

伊織の髪はつかさのそれとはまったく違う質のものだ。

毛の量が多く、しかもそれが太くてしっかりしている。

髪が伸びてくると寝ぐせを直すのに苦戦しているのも無理はなかった。

しっかり洗おうとすると少し力はいるが、自分の手入れとはまったく違っていて少し楽しい。

耳の後ろに触れたところで、ぴくりと伊織が身を強張らせた。

振り向こうとして途中でやめるのを繰り返すのがおかしくて笑みが浮かぶ。

「そんなに警戒しなくてもいいじゃない」

「いや、ただくすぐったかっただけだから」

「そう？」

裸の胸を彼の背に押しつける。

触れ合ったところから「ヒュッ」と息を呑んだのがわかった。

広くてたくましい、普段の振る舞いからはちょっと想像できない頼もしい背中だ。

「これもくすぐったい？」

「くすぐったいって言うか、こっちが動けないのにこれは非人道的じゃない？」

「非人道的って」

また独特な表現での抗議だった。

自分の体は条約で禁止されている兵器ということだろうか。

「じゃあ人道的な接触だったらどう返してくれるの？」

「えー……」

強張っていた彼の体からふっと力が抜けて思考に潜ったのがわかる。

それをいいことに体を押しつけたり、少し離れたりを繰り返した。

今は反応がなくっても、遅効性で効いてくるのは経験則でわかっている。

「――抱きしめ返すとか？」

「ふふっ」

自信なさそうに出された結論に思わず声が漏れた。

やられたらやり返す、それならフェアかもしれない。

もっとも行為の最中でもないときに彼がそれをできるなら、だけど。

「なら、そうしてもらいましょうか。流すわね」

「早まった……！」

シャワーを手に取り、ちょうどよく肩を落とした彼の頭にお湯をかける。

下から上へと髪の間に指を差しいれて泡を流していく。

短い髪がその動きに反発するようにはねてしぶきを飛ばした。

自分とはまるで勝手の違う洗髪には戸惑いもあるけれど、それだけに上達の楽しみがある。

「ふふ――」

「つかささん、何か言った？」

「いいえ、なにも」

　こちらを振り向こうとした彼の頭を戻して、仕上げに入る。

「終わった？」

「ええ、あとはコンディショナーね」

「あー、そこまでしなくてもいいよ」

「ダメよ我慢して、すぐに済むから」

「アッハイ」

　あまりファッションに頓着しない伊織には髪の手入れという習慣は存在しない。

　お風呂からあがったあとは、簡単にタオルで拭（ぬぐ）っておしまいだ。

　それで傷む風でもないのは少しズルいと思う。

「自分のだけでも大変そうなのに、僕の髪までそんなにこだわらなくても……」

「伊織くん、頭の形が奇麗だから剃っても似合いそうだけど、そうなったらイヤでしょ？」

「いや、うちはドフサの家系だし……」

　確かに彼のお父さまはもちろん、白髪のおじいさまも髪は豊かだった。

「そう。父がまた伊織くんを恨む要素が増えたわね」

「お父さんそうなんだ……黙っててね？」

「大丈夫よ、もし婿舅（むこしゅうと）問題が起きても、母も伊織くんの味方するでしょうし」

「それはそれでおいたわしいんだよなあ」

そんな話をしている間にコンディショナーを流し終わった。

「ヨシ！」

ようやく解放された、と言わんばかりに元気よく立ち上がろうとする彼の肩に手を置いて押さえる。

「――つかささん？」

「そのまえに、ほら、人道的な反撃してくれるんでしょ？」

「いや約束したわけじゃ……っ」

最後まで言わせずに彼の胸に腕を回して、先ほどよりも強く抱きしめる。

「それとも、私からした方が良い？」

「いやでもそれ絶対抱きつくだけじゃおさまらなくなるやつじゃん、そんな時間ないんじゃない？」

「もう一回くらい構わないけど」

「延長料金めちゃくちゃ高くなかったっけ……」

「私との時間よりお金が大事なの？」

「急にヤンデレ仕草はさんでくるのはやめようよ」

観念したような声を上げて伊織が天井を仰ぎ見た。

胸に回していた手の甲が「わかった」という風に軽く二度叩かれる。

「あ……っ」

拘束を解いた瞬間、控えめに腕の中へと抱きよせられた。

それだけで胸の鼓動が速くなっていく。

胸の内から生まれた熱はそのまま下腹部へと下りていく、彼だけに許した場所、彼の熱を受け止めるためのところへ。

はぁ、と気づけば熱い息が漏れていた。

離れたくない思いが、腕に力をこめさせる。

「――伊織くん」

「なに？」

「やっぱり、冗談じゃなくなっちゃうかも」

「ハイ終了、解散！」

「もう！」

こういうときの思いきりはいつだっていいのが少し恨めしかった。

§

「——じゃあつかささん、またあとで」

ホテルを出たあと、実家とは反対方向になる天神へ向かう彼と大通りで別れることになった。

雲が減ってきた午後の空はまだ明るく輝き、弱い風に厚着の人たちの歩みもゆっくりとしている。

「早く帰ってきてね？」

「ん、そんなにはかからないと思うよ。つかささんは迎えに来てもらう感じ？」

「ええ、さっき連絡しておいたからそんなに待たないと思うわ」

「そっか」

少し背伸びをして、『僕は隠し事をしています』と大書された頬にキスをする。

人前なのに珍しく照れる様子がないのは、それだけ余裕がないのだろう。

「いってらっしゃい」

「いってきます」

ひらひらと手を振った伊織がさっと踵を返す。

一人の時の彼は早足だ。

こちらが振った手を下ろすころにはあっという間に雑踏に消えていく。

「――」

途端、胸に寂寥が迫る。

別れの時にはいつからかそんな気持ちを覚えるようになっていた。

彼には言えないけれど、楽しい時間であればあっただけそれは強くなる。

今日のように一時間もしないうちにまた会えるとわかっている時でさえだ。

――我ながら、子供みたいね。

きっと伊織はそんなつかさの変化に気づいていないだろう。

こと恋愛にかかわることではどうも過大に評価されていると感じる。

まぁそれがまったく不本意だと言うつもりはないけど、と考えながら迎えの車が止めやすい場所へと少し歩いてスマホを取り出した。

友人たちから届いたメッセージへ返信して、最後に最近加わった連絡先の一つ――伊織の母へと帰宅時間の予定を送る。

「了解」と書かれたプラカードを掲げるパンダのスタンプが返ってきたのはすぐのことだった。

「ふふ」

まだ短い付き合いでも「らしい」と思えるそれに、笑いがこぼれる。

彼の育った家で、彼の大事な人々と過ごしたここ数日は新鮮で驚きがあって、けれどつかさにとっても不思議と落ち着きを覚えるものだった。

美鶴(みつる)と伊織の間で話し合いがもたれる前でさえも、受け入れられていると、そう感じた。

それを、そんな人々と彼の関係を、温かな場所を自分が壊さずに済んだことをあらためて良かったと思う。

「――はぁ」

吐き出した白い息が冬の空気に溶けて消えていく。

自分が知らなかったこと、見ようとしてこなかったこと。

そのために陥(おちい)った窮地(きゅうち)、そこから抜け出すために伊織がしてくれたことと、その苦労を思うと、申し訳なさの一方でそれほどに思われていることに幸福を覚える。

・・・けれどそうやって彼との関係を大事に思うことがあるたびに、きっと天道(てんどう)つかさは弱くなっている。

少しずつ、けれど確実に、失いたくないもの、惜しむものができて、心が揺れやすく、判断に迷うことが増えてきた。

それはきっと誰かに本当に心を許すということの側面で、否定したり避けたりするべきことではないのだろう。

きっとこれからも続いていく当たり前の変化だ。

そして今つかさが覚える寂しさは、彼の隠し事に不安を覚えているとか、そういったことが理由ではなかった。

そもそも今更、伊織の不貞や裏切りを心配するなんてありえない。

きっとなにかサプライズの用意なのだろう。

変わり種のお年玉か、あるいはすぐに迫った成人式に向けての用意だろうか。

それくらいの信頼は当然に持っている。

けれどそうわかっていても、理性と感情は別物だ。

ただ単に知りたいのだ、彼の思うこと、感じること、しようとしてくれることの全てを。

だからネタ晴らしが待ち遠しくて仕方ない。

それだけのこと。

もし彼がこんな胸の内を知っても、失望されることはないだろう。

しかしやたらに不安を訴えるべきでもないと思った。

それになにより、彼が自分にとってそうであるように、自分もまた彼にとって素敵な恋人でありたいのだ。

だから。

「――早く私を、安心させてね」

以前こっそりと撮影した、呑気に眠る伊織の姿を見ながら小さくつぶやいた。

そうすればきっと、それだけできっと、天道つかさはこれからも彼が思う無敵の女の子であり続けられるから。

第八話　天道つかさは――

嵐のような二週間弱の日々が過ぎ、ＴＶや街角から世間の正月ムードが薄らぎはじめたころ、天道つかさが志野家を去る日がやってきた。

実家に帰るって言いかえると、単なる事実なのにちょっとドキッとするな？

「それじゃあ美鶴ちゃん、お世話になりました」

「はい……おつかれ、さまでした？」

車で送ってくれるという母の言葉に甘えて運転手を頼み、父はなんやかんやで不在、じいさんと兄はまだ帰ってきてないので玄関で見送ってくれるのは妹一人。

また来てください、とは言えないのか言わないのか。

それでも初日と比べれば態度はかなり軟化したように思える。

わだかまりがもうすっかり解消とは行かなくても、希望が見える状態にはなったんじゃなかろうか。

「ね、またお邪魔してもいいかしら？」

そこへ更に一歩天道が踏み込んだところで、妹はちょっと困ったような表情を浮かべる。

「それは、私が決めることじゃないので――」

さまよう視線が僕と合った。

求められているところを察して頷く。

それを見て妹も小さく頷きを返した。

「――イオちゃんが連れて来たいなら」

「ありがと。じゃあ帰省にご一緒したときはよろしくね」

「はい」

天道と並んで後部座席へ乗り込む僕の背を脇に立っていた母がポンと叩く。

その表情を見るに、どうやら無事兄としての及第点はもらえたようだった。

§

山を下って少しすれば、すぐに四車線の外環状道路に行き当たる。

野芥（のけ）から都市高速に入って呉服町（ごふくまち）まで、さすがに帰省のピークは過ぎているので混み具合はいつも通りだ。

二十キロ少々の道のりはあっという間で、むしろ都市高速を降りてからの下道で時間がかかっていた。

天道家付近は街自体も結構古い感じで大通りから一つ入ると道も細い。

ううん、これは免許を取っても迎えに行くのは大変そうだな？

そうこう考えている間に目的地へ到着。

今日も今日とて立派に構える天道家の門の前では、いつものお手伝いさんと天道のお母さんが待っていた。

「お義母（かあ）さま、本当にお世話になりました。急な話だったのに、しかも長い間ありがとうございました」

車が止まると、天道が頭を下げる。

「いいのよ、気にしないで。いーちゃんが女の子連れてくるなんて初めてだったし、そんなイベント逃せないでしょ」

「母さんさぁ、ほら、いつまでも家の前に止めてたら迷惑だよ」

「はいはーい」

言うまでもない事実を今更言わなくってもいいじゃないか……！

天道の荷物を持って車を降りると、すっとお手伝いさんがそれを引き取りにやってくる。

母はといえばいったん車を降りて天道のお母さんとなにやら話をはじめていた。

親戚や近所の人を相手にしているときと同じく、お金持ちを相手に全く物怖じした様子もない。

というかよくよく考えたら割と父の一件で因縁のある関係なのでは？　と思ったけれど、雰囲気はいたって和やかで特に裏は感じられなかった。

これは年の功なのか、そもそも僕の考え過ぎなのか——

「伊織くんも、ありがとう。色々とあったけど、楽しかったしキミのお家で過ごせて良かったわ」

「あ、うん。大したお構いもできませんで？」

「なぁにそれ。じゃあまた今度は伊織くんの部屋でね」

「あ、うん」

「私の部屋でもいいけど？」

「それは、ええとまたの機会で」

「もう。じゃあまたね」

「うん、また——」

と軽く僕の肩を叩いて天道が車を離れる。

長い時間を過ごしたわりに、あるいはそのせいか別れは普段以上にあっさりとしていた。

あるいはさすがに実家の人の目を気にしていたのかもしれない。

悪いことではないのだけど、僕は完全にタイミングを失ってしまった。

今行くか、いやまだか、いや今か――

ぐるぐるとそんな言葉が頭を回るうちに、挨拶を終えた母が運転席に乗り込みながら声をかけてくる。

「いーちゃん、じゃあかえろっか」

「あ、うん」

頷き、助手席のドアに手をかけた。

母と二人のときはそこが普段の僕のポジションだからだ。

ちらりと門に目をやれば、見送ってくれるつもりなのだろう。天道はお母さんやお手伝いさんと一緒に並んでいる。

目があうと軽くひらひらと手を振る。

何気ないそんな仕草で、最後の決心がついた。

「――ごめん、母さん、ちょっと待っててくれる？」

「んー？　……いいよ、いってらっしゃい」

何かを察したように優しい声で了解を伝えて母は車のエンジンを切った。

「頑張ってね」

そう言ってぐっと親指を立てた拳をこちらに向ける。

「……うん」

もう何をする気か完全に察せられてるなこれ。

そんなに僕ってわかりやすいんだろうか、わかりやすいんだろうなぁ……。

いーちゃんも大人になったねえ、とか言いだしそうな母の視線から逃れるように助手席のドアを閉めた。

天道にも即バレするのかなあと思うとちょっとしんどいんだけど。

「――つかささん」

ぐるりと車の前を回って門へと向かいながら呼びかける。

天道も門から数歩、こちらに近づいてきた。

「なぁに？　なにか忘れ物？」

「ごめん、ちょっといいかな」

「いいわよ、お義母さまたちの前だけどお別れのキスでもしてくれる？」

それかなりキツイやつ――！

というか門のところから天道家の方々にばっちり見られてるので、キツイというよりはっきりと無理だった。

「いや、そうじゃなくて。ご期待には添えないんだけど――」

予想通り出鼻を挫かれたところで、深呼吸をして心を整える。

そうして首をかしげる彼女の前に懐から小箱を取り出しつつ片膝をついた。

動画サイトのサプライズ動画を何度も見返して予習はしっかりできている。

「その、受け取って欲しいものがあって」

ありがとう名も知らぬキザな外国人男性たち、おかげで婚約指輪を渡すなんて乾坤一擲(けんこんいってき)の場面のイメージトレーニングができました。

背を伸ばし、箱を開いて中身を見せながら彼女の顔を見上げる。

一瞬驚いたように目を見開いて口元を隠した天道は、すぐに事情を把握したのかすでに彼女らしいいつもの笑みを浮かべた。

「天道つかささん、僕と結婚してくださいーーその、将来的に」

それで逆に肩の力が抜けたのが良かったか、言葉はよどみなく出て行った。

要らないものも一緒についていってしまったけど。

「――ええ、喜んで」

言いながら白い左手をすっと差し出す天道の仕草には、当然という余裕さえ感じられた。強い。

ここにきて断られるとそこまでは思ってなかったけどそれでも大いに安堵しながら、もう何度つないだかもわからない彼女の手を取って薬指へと婚約指輪を通す。

少しつっかえた時には心臓が止まりそうになったけど、最終的にはしっかりとあるべき位置へとおさまった。

スカスカだとしょっちゅう落としちゃうだろうし、これで適正なんだろう。

「――綺麗ね」

そういう天道の声は割合に落ち着いたものだった。

まぁ声も出ないほど驚かれたりしたらかえって困ったとは思うし、左手の薬指をじっと眺める表情を見れば彼女が喜んでくれているのはしっかり伝わる。

「お正月の買い物はこれのため？」

「うん。いやその、前からちゃんと考えてて、適当に選んだわけじゃないから」

「伊織くん、買い物早いものね――ありがとう、私が今までもらったもので一番うれしいわ」

「――そう言ってもらえると僕もうれしいかな」

言いながら立ち上がると、今更ながら自分の中にも喜びが湧きあがってきた。

口元が緩み、なんだか少し足元がふわふわと落ち着かない。

ちょっと大声を上げてその辺を走り回りたいような気分だった。

同時に今後への不安も、もちろん感じていた。

僕のこの小心はもうどうしたって消えないんだろう。

それでも天道みたいな素敵な女の子が自分たちの先の未来を受け入れてくれたという事実には大きな達成感と、それ以上に体に力が入らないような、そんな幸福感があった。

なんとなく、片手で指輪の入っていた箱を意味もなくぱかぱかと開け閉めを繰り返してしまう。

「でも、最後の一言は余計じゃない？　覚悟、決まったからプロポーズしてくれたんでしょ」

だから天道がからかうような声でそう言ったときには逆に落ち着いてしまった。

ダメだしされて喜んでるようじゃ、本来はいけないんだろうけども。

「いや、こう言っておかないとつかささんが『じゃあ明日入籍ね』とか言いださないかなって……」

覚悟とかいう単語がさらっと出てきたあたり、行動力の擬人化みたいな天道のことを考えれば杞憂とは言えないと思う。

彼女自身も「う」と呻いたあと、確かに、みたいな顔して考え込みはじめたし。

恋人のことを理解できててえらい（自画自賛）。

「――なんだか得意そうな顔してるように見えるんだけど」

それを見とがめた天道が、少し目を尖らせる。

「キノセイダトオモウヨ」

「棒読み。ちなみに、どうして明日入籍だと不都合なのかしら」

「ええ？　いやそれはほら、僕の就職とか将来のことがまったく決まってないし」

これは大きな声で言えないけど、貯金も婚約指輪でがっつり減ったし。

「そう、なら伊織くんに内定が出たあとならいいの？」

「それでもしその仕事をやめることになったら、結婚記念日がくるたびにやめた職場のこと思い出しそうで嫌かな……」

「本当に伊織くんはネガティブな想像が得意よね……どうしてすぐにそんな発想が出てくるのかしら」

「さぁ」

魂か業（ごう）、ですかねえ……。

でも内定取ったら即入籍って発想もなかなか出てこないものだと思うな。

ちょっと前のめりすぎる、すぎない？

「なら卒業式の翌日ね、これならいい記憶と結びつくでしょ」

「まぁそれなら……？」

「決まりね。式も新年度の前にできてちょうどいいでしょうし」

なんだかあっという間に話が進んでいくな……。

いや、そのつもりの覚悟で指輪を渡したし、前回の経緯が経緯だけに僕の感覚もバグってるというか、そもそも婚約ってそういうものなんだけど。

「いいけど、なんでそんなに日取り決めにこだわるの？」

「あら、だって楽しみははっきりさせておきたいじゃない？　それに前の婚約はそのあたりが曖昧（あいまい）だったし」

「冷静に考えると前の婚約ってすごい言葉だよね……」

複数回婚約した経験がある人は世にいるだろうけど、まず間違いなく相手は別になるよな……。

「そうね。でも今度は伊織くん自身から申し込んでもらえたことを考えると、取りやめになったことも悪くなかったって思えるわ」

「まぁ僕が婚約解消された側なんだけどね」

「おばあさまが決めたことだから、そういう意味じゃ私だって『された』方よ？　まぁ細かいことはいいの」

細かいかなぁ……??

「それよりね、伊織くん」

「ん？」

「キミのこと、絶対に私が幸せにしてあげるから」

自信満々に微笑む天道つかさは実に男前で強キャラだった。

「……僕にもお返しできるくらいにしておいてほしいなあ」

「いやよ、手加減するなんて」

うーんこの。

「本当、お手柔らかにお願いします」

「無理ね。だって私は見ての通り顔が良いし、実家も太ければスタイルも良くって、ミスキャンパスで特別賞だって取ったし——とにかく顔が良いんだもの」

「懐かしいなあ。そのくだり」

相変わらずのつよつよ顔面推しだった。

なんなら肩書までついてパワーアップしている。

「そんな私に婚約を受けてもらえるなんて、それだけで幸せものでしょう？」

「まぁ、そういう見方もできるだろうね」

「——言い方」

対して圧倒的に弱体化（ナーフ）された塩対応を再現しようとする僕を、天道は余裕の笑みを浮かべて責める。

やっぱり全く勝てる気はしないけども、今更構わなかった。

僕にとって天道つかさは別に競う相手などではなく、これからも一緒に歩いていく、歩いてほしい人なのだから。

——まぁ、同時に勢いよく引っ張られすぎて転ばないよう気をつけないといけない人でもあるけれど。

「伊織くん」

そして案の定、天道は大きく手を広げてハグを待つ体勢を取った。

家の人が見てんだけど、まぁキス待ち顔されないだけこれでも手加減してくれてるんだろう。

僕は詳しいんだ。

「ん」

「アッハイ」

だからって鮮やかに対処できるわけではなくて、まごついているうちに催促がかかる。

観念して彼女を抱きしめた。

僕をずっと翻弄(ほんろう)し続ける、柔らかくあたたかな感触と甘い匂い。

「んんっ!?」

そうして当然のように離れ際に唇を奪っていく鮮やかな手口。

僕じゃなくても見逃しちゃうね。

「伊織くんも、私を幸せにしてね——将来的にも」

ちゃっかり僕の真似をしながら、天道つかさが笑う。

まさにそれこそが僕が好きになった女の子だった。

「最善を尽くすつもりだよ」

「うん、期待してるわ」


——こうして僕に再び、今度は自分の意思で婚約者ができた。

まだまだ寒さの厳しい、冬の日のことだった。

第九話　ハッピーウェディング前旅行

前々から計画――というよりは話にだけ上がっていた旅行に行きたいと天道が言いだしたのは春休みに入ってからのことで、それだけに立案から実行までは実にスピーディーだった。

「おお～……」

博多駅から高速バスに揺られること三時間弱。

たどりついた熊本は阿蘇の北に位置する温泉地はちょっとした別世界だった。

「伊織くん、お口が開いてるわよ」

すかさず天道からツッコミが入るけども、そういう彼女自身も結構楽しそうにしているわけで。

「いや、これはちょっと無理ないと思うよ」

木々の緑の中に伝統的な和風建築が並ぶ光景はそういうテーマパークみたいで、温泉地にはお決まりの浴衣の人々の姿が非日常感に拍車をかけている。

「ええ、素敵なところね」

「つかささんは来たことあるんだっけ？」

「いいえ。阿蘇の温泉は何度かあるけど、ここに来たのははじめてね。上の姉におすすめされたの」

「そうなんだ」

僕は聞いたことはなかったけど、全国でも人気の温泉スポットと言われているのは景色だけでも納得できた。

もう春休みも終わろうというのに、老若男女問わずの賑わいは結構なものだった。

僕の実家なんか比じゃないくらいの山奥なんだけど、まぁ観光地とくらべるものでもないか……。

「お宿のチェックインは十五時以降だから、それまで少し見て回りましょうか」

「そうだね。荷物は……あぁ、あっちにコインロッカーがあるね」

日帰り客もいるんだろうし、さすがに行き届いてる。

縦長のロッカーに天道愛用のキャリーバッグと僕のリュックをまとめて押し込む。

「お腹のすき具合はどう？　ご飯からにしましょうか」

「あー、ちょっとバス酔いしてる感じだから、少し歩いてからにしたいかな。つかささんがお腹すいてなければ、だけど」

「私もそこまでじゃないから大丈夫よ」

「えーとじゃあ……」

観光地でよく見るイラストで描かれた位置関係重視の案内図を眺める。

ひとまずお店が並んでる通りがあることだけはわかったけど……。

「温泉巡りのスタンプラリーもあるみたいね、完全制覇で賞が貰えるみたいだけど……」

「僕はそこまではいいかなあ、つかささんは？」

「さすがにふやけちゃいそうね。伊織くんを待たせるのも申し訳ないし。あ、足湯が近くにあるわね」

「じゃあそこから行こうか」

「ええ」

いつものように天道が、僕の右腕を取る。

彼女の左手の薬指には僕が贈った銀の指輪が輝いていた。

焼杉の板材で作られた簡易な小屋になっている足湯は、やはりそれなりに賑わっていた。

長いベンチを二つ向かい合わせに並べたような座席に先に陣取った天道が、促すように隣をぽんぽんと叩く。

　苦笑いしながらジョガーパンツの裾をまくりあげて腰を下ろした。

　長いバス移動で少々窮屈(きゅうくつ)な思いをした脚が、じわり温まっていく感覚が心地よい。

「っふー……」

「もう」

　思わず漏れたおじさんくさい声に天道が笑った。

　そんな僕らを見て、先客の年配のご婦人たちがくすくすと声を漏らす。

　微笑ましいものを見るような好意的な笑いだったけども少し気恥ずかしい。

　ひとまず適当に会釈をして誤魔化す、ところがそれが良くなかった。

「どちらからいらしたの？」

「お若いけど学生さんかしら」

　しまった、話好きのご婦人だ……！

　とはいえ田舎ではエンカウント率が非常に高い存在だし、大抵聞かれたことに答えていけばいいので実はそんなに苦手でもなかった。

　むしろ僕としては同年代の女子より話しやすいまである気がするな……。

「はい、学生です。福岡(ふくおか)からバスでさっきついたところで」

「春休みなのでせっかくだから二人で泊まりがけで来たんです」

「まあまあ」

だけど天道はもっと如才なかった。

これがお金持ちの社交力……！

「――……じゃあ婚前旅行ってところかしら、いいわねえ」

「はい」

なんて感心していたら、プライバシーがだだ洩れにされていた。

どうして世間話でなんでもかんでも話しちゃうのか、たしかに旅の恥はかき捨てって言うけどさあ……。

いや、あるいはこれ天道にしては珍しくはしゃいでいるという可能性も？

足湯でくつろぐはずが、とんだ罠にかかってしまったな……。

僕は少し居心地悪い時間が一刻も早く過ぎ去るのをただただ祈った。

§

そうしてなんやかんや昼食もすませて向かった宿は新しい建物で、外観は周囲の雰囲気から浮かないようにに和風にしているものの内側は和洋折衷だ。

僕らがとった部屋は旅館っぽい和室だったけれど、なかにはホテルみたいな洋風のところもあるらしい。

「うん、思ってた以上に素敵な部屋ね」

「そうだねー」

大きめに作られた窓からは明るい陽光が差し込み、緑の木々に混じって薄桃色に咲き誇る桜も見えるのはまさに絶景だった。

高そう（小学生並みの感想）。

いや、まぁ別に割り勘なら払えないほどではなかったんだけど。

ぱたぱたと天道が部屋の中を歩き回って設備を確かめる。

僕も窓際に寄って風景を眺めたあと部屋を振り返った。

全体的に内装は落ち着いた雰囲気でＴＶはかなり大きめ、そうして一番目を引くのはガラス向こうの客室付き露天風呂だった。

「う……」

元々二人部屋の備え付けだから当たり前なんだけども、部屋から丸見えの風呂という設備に思わず声が漏れる。

「どうしたの？」

「いや、なんかこう二人でこういうところで泊まるのって改めてやらしい気がして」

「お泊まりデートはしたことあるじゃない。何を今更」

心底不思議そうな顔をされてしまった……。

「いや、そうなんだけどさ」

ラブホテルなんかでもガラス張りの浴室はあるけど、それよりなんかこう、気合の入り方が一味違うというか。

都会を離れて非日常の空間に男女二人きりで乗り込むことの意味を改めて意識した結果というか……。

これはもう温泉旅行そのものが根本的にえっちなのでは？（男子中学生並みの感想）

「それにね、伊織くん？」

「うん？　なに？」

考え込む僕の顎にくいと手をやって、天道が自分の方へと向きなおさせる。

うーん、実に似合うムーブだ。

「――えっちなことは、今からするのよ？」

それもたくさん、と笑う天道のつややかさに僕は自分がヤブをついて蛇どころか龍を出してしまったことに気づいた。

「それじゃあさっそくお風呂に入りましょうか。もちろん一緒にね」

「アッハイ」

ざあ、とお湯が流れる音がガラス越しに響く。

一緒に入るとは言ったものの、僕と天道では入浴にかかる時間が違いすぎるので先に彼女が体を洗ったりするのを待つ形だ。

天道曰く「見てていいわよ」とのことだけども、ちょっと新しい趣味に目覚めそうなので極力別のことをして時間を過ごしていた。

妙に多機能なスイッチまわりを調べたり、避難経路の案内ＰＯＰや貴重品入れの説明だとかを読み終えていよいよすることがなくなったころに、こんこんとガラスをノックする音が聞こえた。

「――――」

浴室へと目を向ける。

増した湯気でほんのりと曇ったガラスの向こうで、小さなタオルでぎりぎり体の前を隠した天道つかさが小さく手招く姿に思わず息を呑んだ。

彼女の裸は見飽きてもおかしくないほどに見てきたし（実際にはまったく飽きることはないけど）それは何も灯りを落とした部屋の中に限らない。

それでも昼の陽の光を受けて輝く白い裸体は、今までのどの姿よりも眩しく、蠱惑的に見えた。

呆けた僕の姿に気を良くしたように、天道は微笑む。

「来て」

と、ガラス越しの唇の動きを読み間違えることはなかった。

ふらふらと誘われるように露天風呂へと向かう。

かつてないほどにもどかしい脱衣を終えて、痛いほどに勃起した前をタオルで隠して浴室のドアを開く。

「――――」

ざわざわと木を揺らす風の音が聞こえる。

まだ明るい午後の光が照らす露天風呂のへりに腰かけて、脚だけを湯につけた天道の姿はまるで一枚の絵画のようだった。

「伊織くん」

「――な、なに？」

「背中、流してあげましょうか？」

「あ、うん、お願い、しようかな……」

湯気まみれの浴室の空気のようなしっとりした声での提案に頷く。

タオルの下でぴくりと反応するものを恥じつつ、体を洗うカランとシャワーの前へと天道に正面を向けたまま横歩きで移動する。

「どうしたの？　変な動きして」

「えー、急にカニの気持ちを理解してみたくなって？」

我ながら馬鹿みたいな言い訳だな？

「ふぅん」

はらりと前を隠していたタオルを腰へと落とし、ほんのりとピンクに色づいた胸を晒しながら天道は婀娜(あだ)っぽい仕草でこぼれていた髪をかき上げる。

これ絶対わざとやってるな！　いじめでは⁇

当然の反応として一層股間に血が集まるのを感じながら、置いてあった椅子に腰かけて天道に背を向ける。

ざば、と彼女がお風呂から脚をあげたらしき音がした。

ひとまず冷水シャワーを股間に浴びせたら落ち着けるかな……（錯乱）。

「——ひぇ」

ぴたりと突然肩に置かれた手と、背に押しつけられたしっとりと柔らかな感触に悲鳴みたいな声が漏れた。

「ねえ、伊織くん」

「な、なに?」

「体を洗う前に、それ落ち着かせてあげましょうか」

まぁそりゃあ当然天道にはばれてるよね（諦観）。

「いや、お風呂でそういうの、良くないと思うし……」

初めからそういう用途のラブホテルならいざ知らず、ここは一応普通の宿なわけだし。

「そう?　カップル用の部屋の露天風呂なんてはじめからそのためにあるものだと思うけど」

「さすがに言いすぎじゃない⁇」

世の中には単に二人で入りたいだけの人たちもいる……いるんじゃないかな。さすがに全員が全員えっち目的とは限らないと思う……！

ちょっと自信がないせいではっきり「ノー」と言いづらかった。

というより天道の誘惑にはいい加減耐性ができたつもりだったのに、まだ上を隠していたとはこの僕の目をもってしても見抜けなかった……！

「イヤなの？」

「ほら、夜にもまた入るんだし、汚しちゃったら困らないかな……」

これは我ながら上手い言い訳では？　という思いは天道の次なる一手であっさりと打ち砕かれることになった。

「なら私が全部飲むから、ね？　それならいいでしょ」

「――ハイ」

ちょっと倒錯的だと思うけど、だからこそ誘惑には勝てなかったよ……。

§

幸いにものぼせずに済んだ入浴のあと浴衣に着替え、少し宿の中を探索したあとで夕食の時間を迎えた。

山の中の温泉地とはいえ、普通にお刺身なんかも卓に並んでいる。

メインは固形燃料でふつふつと煮えている一人用の鍋になるんだろうか。

とにかく色とりどりで多種多様、豪華な感じの夕食だった。

「ふふふ」

そうして僕の隣にはすでにお酒も入った天道がご機嫌な様子でいらっしゃる。

でもこういうときの食事って向かい合って取るものでは？

「キミの近くにいたいの」

「アッハイ」

強い。そして例によって心を読まれていた。

あっさりと一般論を一蹴した至近の天道から甘い匂いがほのかに香る。

ちょっとえり回りの防御力が低下気味で、なんともドキドキしてしまう。

まぁ少し乱れた浴衣姿の女の子が好きじゃない男は存在しない（過言）からしょうがないか……。

「――ていうかつかささん日本酒も飲んでるの？　大丈夫？」

そこで彼女が持っているグラスの透明な液体が水でないことに気づいた。

一応僕も付き合いでビールは飲んでたけどいつの間に。

「ん～」

とろんとした目で天道が僕を見上げる。

あ、なんかちょっといい感じに力が抜けててこれはこれで新鮮な魅力が。

「大丈夫よ。そんなに酔ってないし」

その返しはあんまり大丈夫じゃない人がするものなんだよなあ。

「そのままお風呂には絶対行かないでね……」

「伊織くんと一緒なら？」

「介護力にはあんまり自信がないからやめてほしいかな」

「ふふ、そうなんだ」

普通の返しなのに天道はなにがおかしいのか楽しそうに笑う。

典型的な酔っぱらいムーブである。

これはダメみたいですね……。

「つかささん、ちょっともう飲むのはやめとこうか」

お酒を取り上げて水の入ったコップを渡すと「え〜」と不満そうな声が上がる。

可愛い。

「ほら、料理もまだ残ってるし、これとかおいしかったよ」

何なのかはわからなかったけど（庶民舌）。

「そう？」

天道が僕によりかかったまま、口を開ける。

仕草が妙に子供っぽいというか、本当に珍しい甘え方だな……。

なんて考えていると彼女は「ん」と掲げた左の薬指を示す。

まだまだピッカピカの婚約指輪がそこには輝いていた。

我婚約者ぞ？　ってことだろうか。

「そんな圧のかけ方ある？」

「蜜月（ハネムーン）にしては糖度が足りないと思うの」

「それは新婚旅行じゃないっけ」

「婚前旅行も同じようなものよ」

「そうかなあ……」

暴論では？　と思いつつ、ヒナにしては育ちすぎているお嬢様（事実）の口元へ料理を運んだ。

「いかがですか」

「くるしゅうないわね」

「それ使い方あってる？」

ふわっふわだなぁ。

これ本当にお酒はもうストップだな……。

ちょっと勿体ないけど、こっちまで潰れたらいよいよ収拾つかないから、僕が飲むわけにもいかないし。

「伊織くん、次食べさせて？」

「はいはい」

——まぁ天道が楽しそうだからいいか（常敗）。

§

「ふぅ……」

お高い料理は値段に反比例して量が少ないことも多いけど、今回の宿の夕食はその例から外れて量的にも結構なものがあった。

食事を終えたあとは天道の酔いもあって、食休みも兼ねて部屋でゆっくりすることにした。

見るでもなくつけたＴＶでは見慣れないローカルＣＭが流れている。

こういうのを見ると旅行に来てるって実感するよなあ。

「つかささん、調子はどう？」

お風呂に入るのはまだちょっと怖いし、元々は散歩にでも行こうかって話だったけどそれもちょっと危険そうだ。

「ん〜……」

ぴったりと僕にはりつくように身を預けた天道は、ときおり首筋に頭をこすりつけたり、キスをねだったりとやりたい放題である。

うーん、いっそのこと少し眠った方がいいかもしれないな。

「もうお布団敷こうか、横になってた方が楽じゃない？」

「えっち」

「えっちではないかな……」

純粋に心配しているのに酷い言いがかりだった。

「ふふふ」

「今日はまた一段と悪い酔い方してるなあ……はいちゃんとお水飲んで」

「ありがと。でも失礼ね」

頬を膨らませながらも天道は素直に水を飲む。

口からグラスを離したあとの濡れた唇がやけにセクシーだった。

「なにが失礼なのさ」

「――私が酔ってないって証明しましょうか」

「なんか不穏だけどなにするの？　お風呂は本当に危ないからやめた方がいいと思うけど」

問いには答えず僕の肩に顎を乗せて、天道は首筋に口づけた。

そうして僕の鎖骨を指でゆっくりとなぞる。熱い吐息がくすぐったかった。

「ナイショ――お布団、敷いてくれる？」

「……つかささんの方がえっちでは？」

これもう絶対する流れじゃない？

「あら、いけない？」

すごい、まったく否定しようという気配がない。

そしてこういう聞き方をされたとき、僕が拒めたためしも最近ではあんまりないのだった。

§

「うっ」

布団についた直後、体全体でのしかかってきた天道に押し倒される。

ダメージとしては全然だけども、倒すのが上手すぎるのはどうなのか。

仰向けになりつつ左の腰に抱きついている彼女へ一応抗議の視線を向けた。

「つかささん、これは完全に酔ってる人間のムーブじゃない？」

「もう、それがそんなに重要なこと？」

サイドポジションでマウントを取った天道は、そんなことを言いながら互いの帯を緩めて、浴衣をはだけさせてしまう。

ちょっと脱ぐのも脱がすのも手慣れすぎでは⁇

さっきからずっと押しつけられている彼女の体の柔らかさに、僕の方もすっかりそういうスイッチは入っていた。

「う」

彼女の右手が腹を通って右の脇腹を撫で、左の手は内ももをするすると股間へと登っていく。

思わず声を漏らすと得意げに鼻を小さく鳴らして、天道は僕の胸を舌でくすぐりはじめた。

女性優位の痴女もの動画みたいなムーブを……！

「つ、つかささん？」

「男の子も気持ちいいって聞くけど、どう？」

「正直、ぞわぞわするからやめてほしいんだけど」

「あら伊織くんだって私にしてくれるでしょ？」

いたずらっぽい笑みを浮かべた天道が、胸板に頬を押しつけながら上目遣いで笑う。

わざとらしくのぞかせた舌は例によってとんでもなくエロティックだった。

「それはだって、つかささんもして欲しがるじゃん」

「それはそうだけど」

「というか強引に性癖開発しようとするのはやめようよ……」

天道が本気出したらそれこそM方向も受け入れさせられそうで怖いんだよな。

ただでさえ力関係的にかなわないのに、そこにSM要素まで加わるとさすがにこう男子としてのプライド的な何かが危うい。

「私は別に、伊織くんがしたいならどこでだって何だっていいけど」

「普通が一番だと思うなあ」

「うーん……」

いつもならそろそろ引き下がってくれるけど、今日はお酒が入っているからか旅行というシチュエーションからかどうにも反応が鈍かった。

仕方ないな……。

「まぁつかささんが普通にするのは飽きたって言うなら、考えるけど」

「む」

あえて挑発的に言うと天道は小さく唸り声を上げて、すす、と体の位置を上げ顔を近づけてきた。

「伊織くん？」

「ハイ」

「言っておきますけど。私、キミとならえっちはミッショナリーポジション限定だって別に構わないし、それで満足してもらえる自信はあるんだからね。こういうのはあくまでバリエーションのためなんだから」

「アッハイ」

なんだかよくわからないけどとにかくすごい気迫だった。

予想以上に彼女的にはひっかかる発言だったらしい。

「わかった？」

「ハイ、ところでミッショナリーポジションって何だったたっけ……」

「英語で言う正常位ね、キリスト教的にお行儀の良い体位ってこと」

「あぁ、なるほど」

でもそれでも満足させられるってあたりあんまりお行儀の良くないことをする気じゃないだろうか。

「でもつかささん」

「なぁに？」

「今の流れで上に乗るのはおかしくない？」

話をしながら自然に、そしてスムーズに僕の腹をまたいでマウントポジションを取った天道はゆっくりと腰の位置を下に移し、下着をずり下ろして引っ張り出した僕のペニスに手を添えている。

「おかしくないわよ。んっ……」

前戯もしていないのに亀頭が押しつけられた先はすでに濡れていた。

天道がわずかに腰を下ろすと、彼女の中へと柔らかな肉を押しのけるようにペニスの先端がもぐりこむ。

柔らかくあたたかな肉が吸いつくようにペニスの先にまとわりついてくる。

「う」

快感に思わず声が漏れ、もっと奥へと欲求が無意識に腰を突きあげさせた。

けれど天道はそれを読んでいたように、僕があげた分だけ自身も腰を浮かせてかわす。

見慣れない天井を背景に、すっかり見慣れた、けれど決して見飽きない顔面偏差値激高の顔が僕を見下ろして、笑う。

「だって、自分が動いて、相手に気持ちよくなってもらいたいって思うくらい、普通の感情でしょ？」

うん、という同意を飲みこむように、天道はキスで言葉を遮った。

舌と舌が絡みあう、その快感に上乗せするようにゆっくりと腰が下ろされていく。

「んっ――っ」

「うっ……！」

しっとりと濡れた、まだ少し硬い肉をペニスがかきわけていく感覚。

それが行き止まったかに思えたタイミングで、天道は上体を起こして結合部を見せつけるようにゆっくりと両脚を広げる。

それから僕の腰へ心地よい柔らかな重みを押しつけるように深く腰を下ろした。

「――はぁぁ……」

挿入の快感をかみしめるように、天道が長く息を吐く。

性器だけでなく、腰の上に感じるお尻の柔らかさや、腹に置かれた手の滑らかさ、そういった触れ合っている全てに彼女を感じる。

陶然と、一層酔いを深めたような表情をした天道がゆっくりと腰を前後に揺らしはじめた。

「んっ……ん――」

「――く、つかさ、さん」

ごくわずかな前後動が、思わず情けない声を漏らしてしまうほどに気持ちいい。

それはきっと彼女も同じだったのだろう。

小さく同意を示すように頷いて、天道はいよいよ本格的に動きはじめる。

分泌された愛液が結合部を濡らし、そこからあふれていく感覚はまるで彼女の体の中が溶けてしまったのではないかと思えるほどだった。

「っ……ぅっ……」

とんとんと跳ねるように腰を上下させたかと思えば、押しつけるように深く下ろした腰を前後に動かして恥骨をこすり合わせ、次いで円を描く動きで腰を回して、咥えこんだペニスをこねくり回す。

それはとんでもなく淫らで、同時に心地よい。

「あっ、ぁっ、あっ……！」

ただ寝転がっているだけの僕を、まるで奉仕するみたいに献身的に気持ちよくしてくれながら彼女自身もまた貪欲に快楽をむさぼっている。

一方的なようでいて決してそうはならない、天道つかさはいつだって自負する通りの床上手だった。

「ぁっ、伊織く、んっ、気持ちい、ぁっ、気持ちぃぃ――」

まだ成長しているらしい胸を揺らし、綺麗な顔を快感に蕩けさせて、僕に問うようにあるいは告白のように快感を口にする。

その美貌とはアンバランスな、欲望に忠実な痴態。

それにもっと、もっとと僕の欲も煽られていく。

自分が望むように動き、むさぼりたい――そう思って彼女の腰に伸びた手が天道のそれに絡めとられる。

指と指が恋人つなぎに捕らえられた。

「んッ、伊織くん、伊織くんっ……！」

「う」

ぎゅっと痛いほどに手に力がこめられ、天道が体重をかけてくる。

つながった手でそれを受け止めるべく力をこめた。

「あっ、ぁんっ、あんっ、あっ！」

「っ、つかささん、ぅぁ――！」

ぐいと遠慮なく体重をかけてきた天道が、ぶつかり合う肌が音を立てるほどに腰の上下動を早くさせる。

「はっ、はっ……うっ」

「あんっ、あっ、ぁっ！　伊織くん、いっ、いいっ……！」

互いに息が荒くなっていく。

眉根を寄せた天道は快感に集中するように目を閉じて一心不乱に僕の上で踊る。

その姿が、与えられている快楽を何倍にも増幅させた。

射精欲が一気に膨れ上がる。

「つかささん、ッ……」

「んっ、あっ、うんっ、私も、もう……ッ！」

僕の意図を察した天道は自身も絶頂に向かうべく腰の動きを前後動に集中させた。

その単調化された刺激でも、すでにこらえ切れなくなっていた僕には十二分だ。

「つかささんっ、出すよ」

「うんっ、うんっ、出してっ……私の中に、伊織くんの……！」

すでに当たり前になっている、避妊具なしのセックスと膣内射精。

それを射精寸前に強く意識させられる。

本来、これは自分自身の子を産ませるための行為なのだと。

「ぐぅ、ぅぁ……！」

あたたかで柔らかな女の子の胎内、その最奥に向けて射精する征服感と背徳感。

頭の中が焼ききれそうな興奮の中、脈打つペニスに共鳴したようにそれを受け入れていた女性器が不規則なけいれんと収縮をはじめる。

「あっ！　ぁっ！　あっ、イク、っ、ぁっ、あぁ――――……！」

びくん、とひと際大きく体を震わせたあと、身を強張らせて天道が泣くような声を上げる。

長い長い余韻のあとふっと天道の体から力が抜け、疲労感に支配された体に更なる重みがのしかかってきた。

「はっ、はっ、はぁ――――」

ゆっくりと崩れ落ちるように倒れてきた天道の体を受け止めた。

息を整えるべく、押しつけられた裸の胸が大きく上下する。

「あ――」

背に腕を回して彼女をさらに強く抱き寄せた。

燃えるように熱くて、溶けていきそうに柔らかい、最愛の女の子の体。

こうしていると感じる重みこそが、幸せの実感なのだと確信できた。

けれどそれは時間がたつとともに薄れ、遠ざかっていく。

その名残を惜しむように、全てを刻み込むように天道を抱きしめて、その匂いを吸い込んだ。

出会ったころの彼女の言葉を思い出す。

セックスの快楽、最中の忘我、そしてそれが終わってしまったあとの寂寥（せきりょう）――天道が語っていたそれらは彼女自身でもって僕に教えてくれた。

「んっ……」

「あ、ごめん」

息とともに漏れた彼女の声が少し苦しそうで、腕にこめていた力を抜く。

腕の中で天道がわずかに身じろぎして首を横に振った。

「いいの、大丈夫――でもなんだか最近の伊織くんは情熱的ね」

「つかささんにはかなわないと思うけど……」

「競うものじゃないでしょ」

言って天道は軽く音を鳴らして唇を重ねてきた。

さきほどまでの行為と、そしていまだつながったままの体で感じるものとは違う、けれど間違いない愛の行為。

「つかささん」

「ん、なぁに？」

きっとそれらの何もかもは、曖昧ですぐに消えてしまうからこそ繰り返すことに意味があるのだろう。

「愛してる」

それが何を意味するのかはきっと永遠にわからなくて、自分では嘘っぽく思えるような言葉でも、口にしなければそれを「本当」にすることさえできないのだから。

「――――」

驚いたように目を見開いた天道が、まるで花が咲いたように幸せそうな笑みを浮かべる。

「ありがと。私も愛してるわ、伊織くん」

「――うん」

頷き、今度は自分から彼女へとキスをした。

無条件に彼女の言葉を信じられる、そんな気持ちがこれからも続いていくように。

そんな当たり前を、これからもずっと続けていくために。

§

「――――」

虫の声、風が立てる木々の音、川のせせらぎ、そうしてそれらに混じればごく小さな人の声や生活の音が、星の輝く空へ響いていく。

明るく賑わう昼の内にも非日常感に満ちていた温泉街は、夜になっていよいよ異世界めいた表情を見せていた。

軒先や玄関、そうして道々に置かれた行灯型のライトが、その暖色の柔い光で闇を払うのではなく、人とそれ以外の世界の輪郭を夜の中に浮かび上がらせている。

現世と常世が隣りあってそこにあるような、そんな光と闇を同時に意識させる景色だ。

「きれいね」

声も出ない僕のかわりに、天道が息とともに小さく感想を漏らす。

うん、とそれに答えた。

正直、そうやって声を漏らすことさえはばかられるほどに圧倒されていた。

かつんこつん、と石畳の道で鳴る自分の下駄の音さえも、今はこの世界の舞台効果みたいだ。

旅館の浴衣にこれも用意された上着を羽織った定番スタイルで、緩やかな下りの道を二人ゆっくりと下っていく。

ちらりと見た天道つかさの横顔は、それこそ現実離れして美しかった。

「——夢かな?」

あんまりにもできすぎたシチュエーションが、ふわふわとした世界から僕を引き戻してくれた。

「アッハイ」

「せっかくの温泉旅行を勝手に夢にしないでくれる?」

代償として当然のようにダメだしをもらってしまったけど、天道の声は本気でとがめようというものではなかった。

「だってそれ、信じられないくらい幸せだってことの裏返しよね」

「つかささんって当たり前のように心読むよね……」

「伊織くんがわかりやすいくらい顔に書くんだもの」

「ぐぬぬ……」

わかりやすいドヤ顔をされても反論の余地はなかった。

「それにね、キミと付き合ってどれだけたつと思う？」

「え？　えーと……」

最初っから精度めちゃくちゃ高かったと思うけどな……。

「正式には夏からだから八か月……八か月!?」

え、まだこれだけしかたってないの？　なんかのバグじゃない？

最初の婚約をスタート地点にしても一年たってないとか、いよいよ信じられなかった。

「どうしてそこまで驚くのよ」

「いや、思ったより経過してなかったっていうか――逆につかささん的には『もう八か月』なの？」

「そうね、そう聞かれると私も『まだ八か月』なんだけど。ここで『まだ』がかかるのは付き合った期間の短さに、じゃないのよね」

「どういうこと？」

「ほら私と伊織くんって、あと八十年は生きられるじゃない？」

「想定がちょっと強すぎない？」

自然に人生計画を百年で考えられるのは発想が強者すぎるというか、僕はそこまで自分の寿命に自信を持てないんだけど。

これも美人でお金持ちという生来のフィジカル面と環境面への自負のなせる業だろうか。強い。

「そういう残り時間に対しての『まだ』ね」

「なるほどね」

まぁ想定寿命さえ一旦脇に置けば、理屈はわかるし共感もできる話だった。

今まで過ごした何倍もの時間が残っていると考えるのは、少し浮き立つような気持ちを覚える。

「だからね。これからも伊織くんと二人で色んな所に行って、おいしいもの食べて、綺麗な景色を見て――」

そこで一旦言葉を切って、天道が僕の耳元に顔を寄せる。

「たっくさん、えっちするの」

「――つかささん、はしたない」

「してくれないの？　あんなに求めてくれて嬉しかったのに」

肩に顔を乗せて天道が笑う。

痴態と興奮が思い出されて、一気に顔と体が熱くなっていくのを感じた。

「そういうのはこう、二人っきりのときにさ……」

「あら、今も二人っきりでしょ」

僕らのように散歩している温泉客はちらほら見かけるけども、それも大抵は二人連れでそれぞれがそれぞれの世界に入ってる感じではある。

だからまぁ聞かれたり見られたりなんて気にする必要はないんだろうけど……。

「でもそうね。伊織くんがまわりが気になるなら、そろそろ部屋に戻りましょうか」

「散歩はもういいの？」

「ええ、今日のところは満足したわ。一度で全部回っちゃうのも、もったいないじゃない？」

帰る前からまた来る話しなくても、という気はするけど、例えばもっと寒い季節や夏なんかにこの温泉街がどんな顔を見せるのか。

それを天道と確かめに来たくない、と言えば嘘になった。

「まぁそういうことなら、帰ろうか」

「ええ」

来た道を引き返すべく振り返った。

行きとは違う世界が当然に僕らを待っている、ただそれだけのことなのに少し心が弾んだ。

「ふふ」

一方で腕を組んで上機嫌の天道が、これから部屋に戻ってなにをする気なのかはさすがに僕でも察せられた。

なにせ夜はまだはじまったばかりなのだから。

「ご機嫌だね、つかささん」

「ええ、とっても。ね、伊織くん。部屋に戻ったら汗流さない？」

「……それ、どっちの意味で言ってるの」

「もちろん、両方よ」

「そう来たかぁ～」

汗を流すようなことをして、お風呂で汗を流すんですね、わかります。

「ダメ？」

「前から思ってたけど、その聞き方ずるくない⁉」

「あら、チートって流行ってるんでしょ」

「悪いネットに毒されている……」

かつては怖気づいたその気の天道の姿さえも、今となっては当たり前に受け入れられるようになった。

付き合ってまだ八か月でこれなのだから、もし天道が想定する八十年がたったらどうなってしまうのか。怖いようで楽しみでもある。

——頑張って、長生きしないとなあ。

まず間違いなく美人でお金持ちで長生きな恋人になるであろう僕を引っ張る女の子の姿にそんなことを思った夜だった。

エピローグ　いつか来る春のこと

コンビニ袋を両手に地下鉄の室見駅を出ると潮の香りが混じった風が僕を迎えた。

三月下旬の本日、日差しは暖かく晴天なれど、風強し。

絶好のとはいかなくても、まずまずのお花見日和だ。

「うひ」

ひと際強い風に首をすくめ、目的地を目指して河川敷を南下しはじめた。

するとすぐに川の中にジグザグに組まれた梁が目に飛び込んでくる。

シロウオ漁に設置された春の風物詩の周囲には、獲物をかすめ取ろうとするサギがいて、それを目当てにカメラを構えた人もいた。

魚を狙う人のおこぼれを狙う鳥をさらに人が狙う形になるわけだ。こういうのも一石二鳥って言うんだろうか。

そんな室見川の河川敷に作られたランニングコースには結構な人の姿があって、南国九州とはいえ地元民にとっては厳しかった季節の終わりを感じさせた。

そうして空の青と山の緑を背景に咲き誇る桜並木が遠目にも見え、駅から歩く選択を後悔し始めたころに僕を呼ぶ声が聞こえた。

「――伊織くん」

堤へと昇る階段に腰かけたパンツルックの天道つかさは、風に吹かれたストールを押さえながら微笑む。

「散歩が嫌になった犬みたいよ？」

「まさにそんな気分だから仕方ないね……」

「だからバスで行きましょって言ったのに。可愛い婚約者の言うことを素直に聞かないからよ」

僕と天道、それぞれの友人が集まってのお花見は、免許持ちも飲みたいだろうからと交通機関を利用しての現地集合になっている。

とはいってもキロメートル単位で歩いたのは僕くらいだろう。

「次の機会には反省を生かすよ」

「ぜひそうして」

声を上げて笑った彼女は軽やかに階段を降りてくると僕の腕を取った。

「荷物、重そうね？　一つ持ってあげましょうか」

「や、大丈夫。それより僕いまちょっと汗かいてるから」

「私はキミを待ってる間に少し冷えたからちょうどいいわね」

「ええ……」

暖房代わりは構わないけど、匂いとか気にならない？

臭いとか言われると凹むんだけどな……。

僕の内心などお構いなしに、腕を絡めた天道はさらに密着してきた。

ついでにウェットティッシュで額や首筋に浮いた汗を拭ってくれる。

「ありがと」

「どういたしまして、至れり尽くせりね？」

「あとでなにを要求されるか、ちょっと怖いけどね」

「今すぐなら感謝のキスくらいでいいけど」

それはやっぱり急がないと利息がつくんじゃないのかな。

一応ちらっと確認してみたけど、人目につかずに任務遂行するのはとても無理そうだ。

「お手柔らかにお願いします……それで皆はどの辺にって？」

「手前の方って言ってたんだけど、ちょっと聞いてみる」

文字通り両手が塞がっている僕の代わりに天道がスマホを取り出す。

僕たちはすでに白いトンネルのような桜並木に踏み込んでいた。

花見客が発するにぎやかさとやかましさが手を取り合ってダンスしてるような状況では、人探しもなかなか楽でない。

向こうからアクションがあっても良さそうなものだけど……。

「――ええ？　なにしてるのよ……」

隣を歩いていた天道が、低い声で言うとぴたりと足を止めた。

その不吉な感じにおやと思いつつも、腕を組んでいる僕の足も当然止まる。

「はぁ？　なん言いよーと（にってるの）？　そんなことするわけなかろ（いでしょ）」

そして珍しい天道つかさの方言が飛び出した。

「あ」

わかりやすく「しまった」という顔をした彼女は、相手に一方的にまくし立てて通話を切り上げた。

「――お待たせ。川寄りに場所をとりなおしたんですって、いきましょ」

そうして何事もなかったかのように僕の腕を引いてくるりと方向転換する。

笑ったら怒るかな、と口元を押さえるとギロリと音がしそうな鋭い目線を頂戴した。

「なに？　どうかした？」

「いや、つかささんが訛るのは珍しいなって」

「──いけない？」

「や、可愛いと思うけど。葛葉にかけたの？」

世間一般でも福岡訛りの女の子は可愛いと主張されてるし、おそらく天道が釣られたのだろう葛葉真紘の男子ウケの一因になってるし。

「そうよ──あと伊織くん、その言い方、普段は可愛いと思ってないみたいに聞こえるんだけど」

「いやそんなことはないけど」

「ホントに？」

「本当本当」

珍しい照れ方をする彼女に新しい季節には新しい発見があるんだな、と思う。

§

そうして見つけた友人たちはなにやら桜の下で騒いでいた。

「んもー、英梨ちゃん大げさかー」

「なんっも大げさじゃない……！」

　天道の友人である葛葉真紘と水瀬(みなせ)英梨が言いあうそばで、僕の友人、かみやんこと神谷(かみや)大輔(だいすけ)はビニールシートの上で横向きに倒れていた。

「どうしたの？　あれ」

「いやあ、虫が多いからって場所変えたんだけど、結局ここでも枝から落ちてきて大慌てみたいな」

「なるほど……それでなんでかみやんは横に倒れてんのさ」

「慌てた水瀬(みな)っさんに突きとばされて地面が割と痛気持ちよかったもんでつい？」

「うーんこの」

　謎の嗜好に目覚めつつある友人を引っ張り起こすと、「悪かったって言ってんのにあてつけがましい……」とかなんとか水瀬が零していた。

　実ににぎやかだなあ（現実逃避）。

　去年の花見は――サークルで企画だけされて無事そのまま倒れたんだったっけ。

　ゲーマーって人種は基本インドアだしなあ、花粉症の人も多いし。

「せっかくよか(いい)とこ取れとったとにー」

「ここだっていいところじゃない、場所取りありがとうね」

「ていうかそもそも場所取ってたの真紘じゃなくて神谷でしょ」

「だけん、もったいなかって言いよるとー。ねー、神谷クン？」

「あーいや、俺は別にデイリーしてただけなんで」

「水瀬水瀬、顔が怖い」

「ハァ？　なに、志野は真紘の味方すんの？」

「そういう話してない、なくない？」

なんでいきなりこんな空気になってるんだ（絶望）。

こんなんじゃ僕、楽しくお花見できなくなっちゃうよ……。

「あ、そうだ。これ頼まれてた飲み物とか」

「おー、サンキュー。んじゃ本格的にメシメシ！」

そんな流れを断ち切るようにかみやんが明るく言って、天道がさりげなく葛葉と水瀬の間に割って入る。

「そうね。英梨もいつまでもむくれてないで」

「別にむくれてないいし」

うーんこの慣れた対処、年季を感じるな。

というか普段は水瀬が振り回されてる印象が強いからちょっと珍しい気もする。

コンビニ袋からペットボトルとお酒をとりだしてシートに並べると、かみやんが脇に置いていた保温バッグから料理を、水瀬たちが紙皿と箸を配っていく。

アルコール類はおおむね度数低めで女子っぽい（偏見）パッケージの缶チューハイだ。

食べ物は基本茶色だけど、弁当ってまぁ割とこういうもんだよな……。

「ハイ、伊織クンはこいね」

「え、聞いてない」

そんな中に一つ混じっていたストロングなやつを葛葉が僕に手渡してきた。

誰が飲むんだろと思ってたらまさかこう来るとは……。

困惑する僕に例によって葛葉はまるで悪びれることのない笑みで言う。

「だってー、伊織クンってあんま飲まんとやろー？　どがんなるか気になったと」

「あんまり飲まない時点で色々察してほしいんだよなあ」

「しのっちサークル飲みとかもこないもんなあ」

「てか普通にアルハラでしょ。やめなさいよ」

「ええー」

よし、水瀬のアシストで流れ的にも断りやすい感じにもなったしセーフ。

「じゃーあ、責任もってウチが飲むけん。つぶれたら神谷クンか伊織クンお願いねー？」

「「お断りします」」

「なんでー!?」

声をそろえた僕らの返事に葛葉がわざとらしくショックを受けたような表情を浮かべる。

「いや、なんか邪悪なこと企んでそうだし……」

「水瀬っさんも天道さんもいるんで、別に俺らが介抱しなくても良いんじゃね的な?」

「そうそう」

「アンタら本当草食系よね……」

水瀬がしみじみと言うけど、酔っぱらいの相手とかそれが友達でもできればしたくないんだよなあ。

「真紘も別にお酒強くないでしょ、やめておきなさい」

天道が横からすっとストロングなやつを取りあげる。

「ええー、つかさちゃん自分は酔いつぶれて伊織クン呼び出したとにこすか（ずるい）ー」

そう言えばそんなこともあったなぁ……。

「私もその失敗をしたから言ってるのよ」

「えー」

「ものは言いようだなあ」

嘘だぞ、絶対天道のあれもわざとお持ち帰りされようとしてたぞ。

そんな僕の内心を見抜いたようにじろっと天道が横目を向ける。

「いいからほら乾杯しましょ」

「はーい」

「なんでここにきて聞きわけいいのよアンタ」

トリオ漫才を見ながらすっと天道から渡された発泡酒を受け取る。

かしゅ、かしゅと缶を開ける音が響いた。

わははは、と周囲の花見客の笑い声が響く。

「――――」

かみやんを見ると「ん？」と首をかしげられる。

葛葉はあざとくも両手で缶を持ってニコニコと笑い、水瀬がしきりに上を気にしているのは桜よりも毛虫を警戒しているのかもしれない。

――これ、誰が乾杯の音頭取るの？

一向に動く気配のない友人たちに感じた疑問を乗せて天道に視線を向けると、意味ありげに彼女は微笑んだ。

ダメみたいですね……。

「――か、かんぱい？」

「「「「かんぱーい」」」」

そろそろと缶を掲げると、すかさず四人も返してきた。

なんだろうこれ。

まったく大したことじゃないけど、なんか釈然としないな……。

「はい、伊織くん。あーん」

そして天道の行動が早すぎる。

疾風迅雷かな？

「もー、つかさちゃんウチの前でせん（しない）で、邪魔かー」

「あ、ちょっと」

目の前でバカップルムーブされた葛葉が頬を膨らませて天道と位置を入れ替わる。

さすがにこれは正当な抗議だな、と思いながらも改めて差し出されたから揚げを頬張った。

うん、野外で食べるから揚げって男の子だな（？）。

「英梨ちゃん、ウチにもあーんして！」

「なんでよ……」

「なんででも！」

「とか言いつつもしてあげる水瀬っさんマジリスペクトだわ」

「そういう神谷くんも相当付き合い良い部類だと思うけど……伊織くん、おいしい？」

「――うん」

咀嚼を終えて、天道の質問に頷く。

「じゃあ私にもお願いね」

「アッハイ。えっと、リクエストは？」

「そうね、お野菜からの方がいいから、ミニトマトとか？」

「地味に難易度が高い……！」

あんまり人にあーんさせるものではなくない??

普段使いじゃない割りばしで落とさないように苦心しながら、控えめに開かれた天道の口へとミニトマトを運ぶ。

「どう？」

口元を手で隠した天道が食べ終えるのを待って聞くと彼女は小さく頷く。

「ん、おいし」

そうして彼女はすっと身を寄せて僕の肩に体を預け、視線を上へと向けた。

薄桃の花が空の青を覆い隠すように広がっている。

「――綺麗ね」

冬の間、黒々とした樹皮を寒々しく晒していた桜の枝は、今やそんな印象を吹き飛ばすように咲き誇っている。

「ん、そうだね」

綺麗だという言葉をかみしめるようにじっくりとそれを眺めてから同意を示す。

風が枝を揺らし、その度に無数の花が揺れた。

ごく短い間だけ見られる、それだけに鮮烈な印象を残す風景をしばし二人で見上げる。

「――あのさぁ」

水瀬の声が僕らの視線を地上に引き戻す。

友人たちはそれぞれ呆れたような（水瀬）、困ったような（かみやん）、そうして不満そうな（葛葉）表情を浮かべていた。

「いきなり二人の世界作んないでくんない？」

「アッハイ、すみませんでした」

「私たちのことは気にしないでいいのに」

「やー、キツイっす」

「つかさちゃんもう酔っとると？」

「失礼ね」

かみやんと葛葉のマジレスが痛い。

よもや彼女とのイチャイチャを他人に非難されるときが来ようとは、去年には全く想像もしなかった。

それでも、これはこれで悪くない。

むしろあと二年になった学生生活で、そうしてその先でも続いてほしいと思える、そんな春の日だった。

「美人でお金持ちの彼女が欲しい」と言ったら、ワケあり女子がやってきた件。

完

完結記念SS　『イケメンでお金持ちの彼氏が欲しい』と言ったら、ワケあり男子がやってきた件？

天道つかさという男子の名前をはじめて聞いたとき「なんか特撮の主人公みたい」と思ったことを覚えている。

次にその名を聞いたときに彼の家の話が出て「へえ」と感心したように思う。

それから三度目は「は？」と聞き返して絶句した。多分そうだった。

そうしてそれ以降は彼の話を聞いても「へー」「そうなんだー」「すごーい」と心を無にして聞き流してきた。

つまり天道つかさという男子は高身長の雰囲気じゃないイケメンで、由緒正しいお金持ちの家の生まれで、スポーツも得意な文武両道で、来るもの拒まず去るもの追わずの自由恋愛主義者で、週替わりで違う女子を連れているといううわさ（事実）が大学の端から端まで知れ渡っても日々楽しそうに笑っているとんでもない存在だった。

陽キャこわいなー、近寄らんどこ……。

なのでまぁ彼に婚約者ができたと聞いても「はぁ」というか「何も知らないお嬢様とか

じゃなければいいけど」と思った程度で完全に他人事だった。

そのはずだった。

「こちらが天道つかさくん。お前の婚約者だ」

「よろしくお願いします」

だけどもある日、なぜだか連れていかれたホテルで父がそんなことをのたまった。

そうしてその隣ではイケメンがスーツ姿で爽やかに笑っていた。

「アッハイ?」

天道つかさの婚約者はお嬢様じゃない、何も知らない私だった。

なぜか、私だった。

互いの両親、きょうだいと天道のおばあさんが見つめる中、これここで何とかしとかないとまずいやつでは?　と思いながらも断る文句が浮かばないまま時間ばかりが過ぎて行った。

§

「志野(しの)さん、相席いいかな?」

衝撃の顔合わせから一日。

初夏の風がさわやかに通り抜けていくテラス席で、こちらの返事を待つこともなくイケメンが椅子を引く。

だがそれが逆に私の反骨心を刺激した。

「ダメ」

「ありがと、じゃあ失礼」

「なんで聞いたの……？」

もしかして日本語通じない系男子かな??

少しツリ気味の目、柔らかそうな明るい茶色の髪に白い肌と、全体的に色素の薄いいかにもな美形の天道つかさは、強引な振る舞いとはアンバランスな柔らかな笑みを浮かべていた。

まぁこの見た目だけで強烈なアドになってるのは良くわかった。

座るだけでちょっと格好いいのはずるくない？

「志野さんがどういう返事をするのか気になったから」

「人を実験動物みたいに言うじゃん」

「そんなつもりはなかったんだけど、気に障ったらごめん」

　謝罪風煽りかな？

　なんて逐一ひっかかってしまうのは私が卑屈なんだろうか。

「天道くん」

「なに？」

「私たちの婚約、悪いけど近いうちに解消させてもらうから」

　ぴしり、とイケメンの笑顔が固まる音が聞こえた気がした。

　うん、ちょっと良くない類の達成感を感じるな。気をつけよう。

「――なんで？」

「ご自分の胸に聞いてみるのを勧めるけど」

「うーん。ヒント、もらえたりしない？」

「もしかして：性道徳」

「直球の答えをありがとう」

「どういたしまして。それで、納得いただけた？」

「いや理解はできたけど……もしかしてオレ、過去に志野さんの友達とトラブったりしてる？」

「いーえ、私と君じゃ住む世界が違いますので」

「同じ大学で同じ学部なんだけどなぁ。ちなみになんでそう思うの？」

「週替わりで君が違う女の子連れてるからかなー」

「あぁ、そういう……うん、多分それは誤解があるね」

「何が誤解なの」

「ほら、オレって見た目が良いでしょ」

「自分で言うか……」

「文武両道で実家も太いし、背も高いし、顔も悪くないじゃない？」

「はぁ……」

いや悪くない程度に考えている推し方じゃなくない？

まぁ否定はしないしできないけど、これだけ自信あったら人生楽しそうだなあ。

うらやましいかと言われればそうでもないけど。

「だから連れて歩きたい女の子に声かけられるだけだよ、まぁ実質ボランティアのレンタル彼氏みたいな」

「へえ、じゃあ三日で五人と寝たみたいな話は事実無根なんだ」

「せいぜい一日で二人くらいかな」

「三日で六人になるんだけど」

「さすがにそこまで節操なしじゃないって」

「節操の意味って知ってる？」

　そもそもそういうのをさらっと言えるあたりもう価値観が相容（あいい）れないんだけどわかってもらえないだろうか。

「もちろん――もっとも、婚約者さんが望むなら努力はするつもりだけどさ」

「そういうところだよ天道くん」

　さっきから一定の顔面偏差値がないと許されない発言してくれちゃって。また肩をすくめる仕草が自然だし。

「それに、別に志野さんにとっても悪い話じゃないと思うんだけどな」

「はぁ？　なんでよ」

「だってこの婚約話、キミの家に主導権があるのは聞いてるでしょ」

「それはまぁ、うん」

　聞けば過去におじいちゃんが天道のおばあさんを何やら助けて、そのお礼に求婚したけどもすでにご結婚の予定だったので、子の世代に、そこからさらに孫の世代にと繰り越してきた貸しらしい。

　それでまさか父さんに好みのタイプを聞かれて「お金持ちのイケメン」と答えたら、一足飛びに婚約者が用意されるとは読めなかった……！

　あんまりにもあんまりすぎて、とても天道本人には伝えられない。

「だからオレとの話が進んだってことは、志野さんは少なくとも今恋人がいなくて、何かの意思を示したはずだよね」

「ぐ……」

　なのにこっちには非モテの事実を突きつけてくるのはひどくない？

　別にそんなに気にしてないけど、改めてはっきり言われるのはちょっと……。

「だったら最終的に婚約を解消するにしても、少しくらいイケメンはべらせてみるのも楽しそうとか思わない？」

　そして売り込み上手だなあ。

　やっぱり顔が良い男って信用できない（偏見）。

　口が上手い男には気をつけなさいってお母さんも言ってたし。

「――逆に聞きたいんだけど、天道くんが私に婚約解消されたくないのはなんで？　やっぱりプライドの問題？」

「まさか。人並み以上にはモテるつもりだけど、どんな子にも好きになってもらえると思うほど己惚（うぬぼ）れてないよ、オレ」

「さらっとそれ言えるのがイヤミだよね」

「ひどくない？」

「イケメン無罪だし」

「おかしいな。それで放免されるのはイケメン側のはず……」

「それで、結局天道くんの動機は？」

　重ねて質問すると天道はお手上げのポーズをとったあと表情を改めた。

　その日が少し尖っている。

「その前にオレも質問させてもらいたいんだけど——志野さんはもし他人が勝手に決めた相手と婚約させられることになったらどうする？」

「逃げる」

「行動派。じゃあそれができなかったら？」

「……頑張って逃げるか、相手に嫌われて破談にさせようとする、かな」

「だよね。そのつもりでいたのに、いきなりはしご外されたのがオレの現状だと思って欲しいな」

　なるほど。

　天道からすれば、どう転んだって面白くない状況なのはよくわかった。

「でもそれってやっぱりプライドの問題じゃない？」

「そうかもね、じゃあそういうことで」

「軽い……！」

もしかしたらあえてそう振る舞うことで、大したことないって自分に言い聞かせているのかもしれないけど……なんだか結構闇が深そうだなぁ。

深入りしないようにしとこう。

「あ、でもじゃあ天道くんの女遊びって、婚約させられることへの腹いせとか逃避だったの？」

「それもないとは言わないけど、おおむね趣味かな。自由なうちに満喫しておきたかったし」

「そっかー。ちょっと同情して損したナー」

「へえ、嬉しいな」

「私、損したって言ってるんだけど話聞いてた？」

「多少は情を移してくれたなら大きな一歩でしょ」

「口の減らない……」

本当、自己肯定感が強すぎる。

モンスターかな？

お綺麗な顔以外でも圧かけてくるのやめて欲しいなあ。

「――まぁ、だからさ、ちゃんと事情を聴いてくれる志野さん？　オレがおばあさまに怒られない程度の期間は婚約者のフリ、続けてもらえないかな」

「うーん……」

そう言われてしまうと例によって父さんの余計なおせっかいとは言え、引き金を引いたみたいだし少し良心がとがめる。

「わかった。そういうことなら少しの間だけ契約婚約してあげてもいいよ」

「言葉の意味、重複してない？」

そうだけど契約結婚って定番のジャンルだし……。

「まあいいか。改めてよろしく、伊織さん」

「短い付き合いになると思うけどね」

さらっと名前呼びに切りかえてきたな……。

ないとは思うけど口説いてこないか一応警戒しておこう。

そう思いながら、差し出された手を握り返す。

お綺麗な顔には似合わない、少し骨ばった男の子らしい手だった。

ごく短い時間で離れた手を天道が何やら真剣な顔でじいっと眺める。

「どしたの？」

「伊織さん。手を合わせると相性がわかるって話、聞いたことある？」

「セクハラでしょそれ」

張ったおしてやろうかな。

§

「――伊織くん、伊織くん。ねえ大丈夫？」

優しい声と肩を揺らす振動で、眠りから引きあげられた。

長いまつげに縁どられた明るい茶色の目がじいっと僕を見つめている。

顔面偏差値激高の我が麗（うるわ）しの恋人、天道つかさは心配の色に染められていた繊細な美貌に安堵の表情を浮かべて息を吐いた。

「つかささん」

「なんだかすごくうなされてたから起こしちゃったけど、大丈夫？」

「あぁ、うん。多分？」

浅い眠りを中断されたときに特有の、少し落ち着かない心臓が平時のペースを取り戻すにつれて夢の手ごたえは急激に遠ざかっていく。

脳が普段の働きを取りもどし、状況を理性が整理しようとすればするほどに輪郭がぼやけ、全てはばらばらに溶け消えていく――まぁ、それが夢の常なのだけど。

天道が差し出したコップを受け取り、水を流し込む。

汗をかいていたのか、やけに染みる一杯だった。

「悪い夢でも見てた？」

「いや、なにかある意味とても愉快な夢だった気はするんだけど……」

あとうなされている人間って起こしていいものだっけ……寝言に返事するのが良くないんだったかな？

「どうせ見るなら私の夢を見てくれたらいいのに」

「自分で選べるならそれもいいかもしれないけどね……」

ただその場合無条件でえっちな夢になる気がするけど。

「いひゃい」

例によって心を読まれて軽く頬をつねられた。

「それ『も』じゃなくて、それ『が』いいでしょ」

「ひ（じ）ゃあほ（そ）れれ（で）」

「もう――まぁいいわ」

天道はつねっていた手を放して、今度は柔らかなその唇を押しつけて笑う。

「だって起きている間は伊織くんが私に夢中なのは確かだものね」

「アッハイ」

例によって自信満々なそんな言葉を否定する材料を僕は持っていなかった。

あとがき

このたびは「結・『美人でお金持ちの彼女が欲しい』と言ったら、ワケあり女子がやってきた件。」をお買い上げいただきありがとうございます。

「結」ということで、伊織（いおり）とつかさ二人のお話にこのたび一つの区切りを打つことが無事にできました。感無量の小宮地千々（こみやじちぢ）です。

作中の年代は本作を「ミッドナイトノベルズ」（※サイトの年齢制限にご注意ください）に投稿した二〇二一年ということになっているのですが、三年経過して時の流れの早さを感じております。

またこの間に漫画版も単行本三巻まで刊行されており、こちらも大変好評をいただいているようです（宣伝）。ありがとうございます。

さてせっかくの一区切りということで自我を出して話をさせていただきますと、季節がめぐり伊織自身の意思で再婚約する、という流れは一巻に相当する夏の婚約者編を終えたときから漠然と考えていたことでした。

ここにたどり着くまでに現実の季節を三巡させてしまったのには力不足を痛感しますが、面倒くさい二人がたどるべき道をたどって迎えた今回のお話を皆様にお届けできたことを嬉しく思っております。

それでは謝辞を。

イラストレーターのＲｅ岳様。

つかさをはじめ顔のいい女子たち（と時々格好いい伊織）のイラスト、本当にありがとうございました。

書籍だけでなく各種キャンペーンなど、本作を手にとっていただくためにＲｅ岳様の描くつかさたちの魅力はとても大きかったと思います。

漫画版作画の白鷺六羽様。

書籍の挿絵ではどうしてもつかさと伊織に偏りがちなところ、他の登場人物たちにも息を吹きこんでいただきありがとうございます。

もしかして水×神、来てますか？　これからも楽しみにしております。

担当編集川口様。

本当にいつもありがとうございます。おかげさまでなんとかここまで来られました。

出版に携わる関係各位の皆様、ありがとうございました。

そして最後にこの本を手に取ってくださった全ての方にお礼申し上げます。

全て物語には結びが必要ですが、もし二人の話をもっと見たいと惜しんでいただけたならこれに勝る喜びはありません。

また別の物語でも皆様にお会いできる機会があることを願っております。

本当にありがとうございました。

完結おめでとうございます!!

ファンレター、作品のご感想をお待ちしています!

【宛先】
〒104-0041
東京都中央区新富1-3-7　ヨドコウビル
株式会社マイクロマガジン社
GCN文庫編集部

小宮地千々先生 係
Re岳先生 係

【アンケートのお願い】

右の二次元バーコードまたは
URL（https://micromagazine.co.jp/me/）を
ご利用の上、本書に関するアンケートにご協力ください。

■スマートフォンにも対応しています（一部対応していない機種もあります）。
■サイトへのアクセス、登録・メール送信の際の通信費はご負担ください。

GCN文庫

結・「美人でお金持ちの彼女が欲しい」と言ったら、ワケあり女子がやってきた件。

2024年9月28日　初版発行

著者　小宮地千々

イラスト　Re岳

発行人　子安喜美子

装丁　森昌史
DTP／校閲　株式会社鷗来堂

印刷所　株式会社エデュプレス

発行　株式会社マイクロマガジン社
〒104-0041　東京都中央区新富1-3-7　ヨドコウビル
［営業部］TEL 03-3206-1641／FAX 03-3551-1208
［編集部］TEL 03-3551-9563／FAX 03-3551-9565
https://micromagazine.co.jp/

ISBN978-4-86716-629-1 C0193